DMZ
도그 하울링

DMZ 도그 하울링

인쇄 · 2021년 10월 15일 | 발행 · 2021년 10월 22일

지은이 · 최 광
펴낸이 · 김화정
펴낸곳 · 푸른생각

편집 · 지순이 | 교정 · 김수란, 노현정 | 마케팅 · 한정규
등록 · 제310-2004-00019호
주소 · 서울시 마포구 토정로 222 한국출판콘텐츠 402호
대표전화 · 02) 2268-8707
이메일 · prun21c@hanmail.net / prunsasang@naver.com
홈페이지 · http://www.prun21c.com

ISBN 978-89-91918-17-7   03810
값 16,000원

여민락
세종시문화재단

이 책은 세종특별자치시와 세종시문화재단의 후원으로 발간되었습니다.

푸른소설선 ■

최 광 장편우화소설

DMZ
도그 하울링

DMZ
DOG
HOW
LING

아주 오래전에 〈환경 스페셜〉이라는 다큐멘터리를 보았다. 유기견들이 산에 모여 가시덤불 밑에 굴을 파고 살면서, 제법 여럿의 강아지를 키우고 있었다. 떼로 몰려다니며 가축을 사냥하고, 산에서 고라니를 포위 공격하는 산짐승의 모습도 보여주었다. 〈환경 스페셜〉이니까 아마 멸종한 포식동물, 늑대의 역할과 복원을 기대하는 의도였을 것이다. 생태계 균형과 공존의 가치를 얘기하고 싶었을 테니까. 그러나 내게는 그렇게만 비치지 않았다.

그 유기견들을 포획 제거하는 과정에서 강아지들조차 날카로운 송곳니를 드러내고 늑대의 푸른 눈빛을 뿜었다. 낙오자의 좌절과 분노를 눈에 담고 있었다.

그 유기견들은 치열한 경쟁 사회에서 밀려난 낙오자의 메타포로 다가왔다. 그 메타포는 내가 오랫동안 사회를 보는 창이 되었다.

어린 시절, 누이들의 세계 전도를 보면서 가슴이 두근거린 적이 있었다. 상상할 수 없는 드넓은 세상이 우리 밖에 있었다. 시베리아의 푸른 물결이 내 가슴을 뛰게 했다. 그 드넓은 세상을 달려보고 싶었다. 지도책에는 가는 실선으로 철도가 그어져 있었다. 그러나 꿈을 이룰 수 없었다. 한반도의 허리에 DMZ가 가로놓여 있었다. 우리는 오랫동안 제 발목에 채워진 족쇄가 있는지도 모르고 살고 있다.

이제 내 꿈은 이루어질 수 없다는 절망감이 내 인생과 함께 저물어 가고 있다. 우리 밖에 흩어져 사는 고려인, 조선인들의 심정은 어떠할까. DMZ는 그들의 가슴에 응어리나 피딱지로 붙어 있을 것이다.

우리는 낙오자인 줄도 모르고 소외의 그늘에 갇혀 있다. 그래서 나는 유기견들로 견고한 DMZ에 작은 틈을 내고 싶었다. 아직 사람들의 얘기로 쓰기 어려워서 우화로, 유기견들의 얘기로 에둘러 꺼낼 수밖에 없었다. 이야기를 끌어가면서 나는 전쟁과 평화의 이중주를 가만가만 들려주고 싶었다.

이 책이 나오기까지 애써주신 출판사 관계자 여러분께 고마움을 표한다.

2021년 8월
최 광

차례

유기견들의 운명

자원봉사자들이 유기견 보호소에서 바쁘게 움직인다. 가까이 사는 노인들이 지나가면서 혀를 끌끌 찼다.

지 애미를 저르케 극진히 모실라나?

개를 대하는 세대 간의 눈높이는 매우 다르다. 누구는 땅을 보고 누구는 하늘을 보는 것처럼.

어두운 밤이 되자, 유기견 보호소에 포장을 둘러친 트럭 한 대가 스르르 들어왔다. 짐승들은 언제나 밤에 은밀하게 접근한다. 낮에, 유기견을 돌보는 자원봉사자들이 바쁘게 돌아가던 풍경과는 사뭇 다르다.

개농장주가 트럭의 뒷문을 열고 빈 케이지를 차에서 내리면, 유기견 보호소장이 받아서 담장 옆에 쌓았다. 소장이 아니라 사장이라고 불렀다. 보호소의 실세지만 그의 마누라가 공식적인 보호소장이다. 보호소장은 홈페이지를 개설하고 후원금을 받으면서 대외활동을 했다. 후원금이 쇄도하도록 각종 이벤트를 벌였다.

시설이 열악한 개농장의 개들을 헐값으로 사들이고, 개들을 구출하는 현장을 방송으로 내보내면 박수갈채와 함께 후원금이 몰려들었다. 소장의 남편인 사장은 넘쳐나는 유기견들을 품종별로 골라서 뒤로 빼돌리는 역할을 맡았다.

케이지는 철망으로 성글게 짠 사각 상자다. 배설물이 술술 빠지게 하려니 너무 틈이 벌어져서 개들은 제대로 서 있기도 어렵다. 철사 가닥이 발가락 새에 끼어서 염증을 일으키기 일쑤이다.

개농장주와 보호소 사장은 말 한마디 하지 않지만, 손발이 척척 맞았다. 한두 번 해본 솜씨가 아니다. 빈 케이지가 차에서 내려지면 이번에는 보호소의 유기견들이 들어 있는 케이지가 트럭에 실리기 시작했다. 빈 케이지는 가뿐하지만, 중대형 개 두 마리가 들어 있는 케이지는 둘이 맞잡고 낑낑거리며 트럭에 올려야 했다. 그만큼 무게가 만만찮았다. 허리가 뻐근했다.

유기견 보호소에서 식용이나 투견용으로 적당한 중대형 종자들만 골라 화물차에 실었다. 시베리안 허스키, 플롯하운드, 도사견, 보더콜리, 불도그, 셰퍼드, 달마티안, 그레이하운드, 불테리어, 도베르만 등과 같은 종자들이다. 순종도 있고 잡종도 있지만 그건 중요하지 않다.

보호소에서 열흘 동안 분양되지 않은 유기견은 안락사를 시켜도 무방하다. 법으로 그렇게 되어 있다. 그러나 유기견이 분양되기는 쉽지 않다. 열에 한둘 남짓? 그것도 치와나 포메라니안 같은 조무래기 종자와 고급 순종만을 찾지, 믹스견은 거들떠보지도 않는다. 더군다나 셰퍼드나 불도그 같은 대형견은 아주 열외다. 저런 개들을 누가 키우다 버렸나 싶게 현실감이 느껴지지 않는다. 분양되는 유기견들은 진정한 동반자를 만나 반려견으로 거듭날 수 있을까.

치와와, 말티즈 같은 조무래기 종자들은 분양되지 않으면 개 농장 말고 거래처가 따로 있다. 이런 종자들은 식용으로 팔지 않고 개소주를 만드는 건강원으로 팔려간다. 종자마다 알뜰하게 쓰임새가 따로 있는 것이다.

열에 한둘, 입양인이 찾아와서 케이지 안에 있는 유기견을 바라보며 눈을 맞추며 얼싸안고, 진정한 동반자를 만나는 경우를 본다.

나랑 같이 살자?

포메라니안은 반가워서 꼬리를 흔든다. 구세주를 만난 것이다. 흔치 않지만 그런 경우 입양인과 봉사자들이 모두 눈물짓는다. 봉사자들은 이런 장면을 보려고 냄새나는 사육장을 돌보는지 모른다.

넘쳐나는 유기견 때문에 유기견 보호소와 농장주의 이해가 맞아떨어진 것이다. 보호소는 밀려드는 유기견으로 몸살을 앓았다.

애초부터 유기견 보호소를 하려는 게 아니었다. 남편의 사업 실패로 도시 변두리에 부모가 살던 폐가에 들렀다. 찬바람이 몰아치는 한겨울이었다. 꽤 넓은 터에 허름한 창고 건물도 딸려 있었다. 부모님이 식품 유통업을 하셨는데 트렌드가 바뀌는 바람에 하루아침에 거덜이 나고 말았다. 본사가 부도가 나서 걸려 있던 보증금 한 푼도 찾지 못했다. 부모님은 큰 타격을 받았다. 세상이 그렇게 바뀐다는 것을 어떻게 알고 대처할 수 있을까. 그 타격은 금방 몸으로 전이되었다.

　삐걱대는 대문을 열고 들어서자, 쓰레기와 망가진 가구 나부랭이가 널브러져 있었다. 바람이 몰아칠 때마다 검은 비닐봉지가 어지럽게 날아다녔다.

　여기에 사람이 살 수 있으려나.

　실패의 상처를 달래려고 폐가를 수리하고 개를 한 마리 키우게 되었는데, 유기견들이 주변에 얼쩡거렸다. 몰려드는 유기견들은 자신이 처했던 인생의 한 장면이었다. 가라고 해도 가지 않고 막무가내로 모여들었다. 버려진 생명이 그렇게 많은지 정말 몰랐다.

　버려진 개들 한두 마리 돌보다가 유기견 보호소가 되어버렸다. 그러나 당장 사룟값을 걱정하는 처지가 되었다. 그녀는 시청에 전화했다. 여기저기 떠넘기다 맞닥뜨린 담당자는 묘한 화법을 구사했다.

"누군가 보호하고 있는 유기견은 유기견이 아닙니다."

"그럼 이 유기견들이 내 거라는 말입니까?"

"물론 선생님 것은 아니겠지만 유기견은 아닙니다."

"그럼 얘들은 뭐라고 불러야 하나요?"

"여기는 작명소가 아닙니다. 선생님 맘대로……."

"여기 이 개들 다 풀어놓으면 온 동네에 개똥 천지가 됩니다."

"그건 청소과에서 처리하겠죠."

유기견 보호소장은 사룟값 몇 푼 지원받으려고 전화했다가 기가 탁 막혔다. 아리송한 도깨비에 씐 것 같았다. 유기견도 아니고 내 것도 아니라면 쟤네들은 뭐라고 불러야 할지 점점 미궁에 빠지는 느낌이었다.

그녀는 세상은 정상적으로 돌아가지 않는다고 생각했다. 유기견도 아니고 내 것도 아니면 내 맘대로 해도 된다는 삐뚤어진 심보가 작동했다. 뭔가 비상한 방법을 동원해야 이나마 유지할 수 있다는 생각이 들었다. 알음알음으로 출구를 찾아 나섰다. 죽으라는 법은 없는지, 개농장과 주고받는 거래처가 확보되었다. 무엇이든 노력하면 길이 보였다. 어차피 안락사시키고 비용 들여서 화장하느니, 개고기 애호가들에게 넘겨주는 것도 나쁘지 않다는 생각이 들었다. 자신을 합리화시키는 데 시청이 거들어준 것으로 화살을 돌렸다.

닭도 먹고, 소도 먹고, 돼지도 먹는데, 개도 먹으면 되지 뭘?

안락사 비용과 화장 비용을 줄이면서 마리당 얼마의 뒷돈을 챙길 수 있다. 개농장주에게는 짧은 기간에 개를 식육업자에게 넘기거나, 아예 직접 도살해서 식당에 납품하기도 하는 돈벌이가 되었다. 서로에게 돈이 되는 상거래 방식으로 둔갑한 것이다. 그것도 여의치 않으면 변두리에 유기견 보호소를 엉성하게 짓고 돌보는 척하다가 안락사라는 이름으로 잔인하게 도살하고 땅에 묻어버렸다. 그러나 안락사 약품비와 화장 비용은 회계장부에 올라갔다. 보호소장 내외는 슬슬 바이러스에 감염되기 시작했다. 이 바이러스는 유령처럼 그 증상을 전혀 느끼지 못한다.

트럭에 유기견들을 다 싣고 나서 농장주가 즉석에서 사장에게 봉투를 건넸다. 이 세계에는 오직 현찰만이 오고 갔다. 세고 자시고 할 것도 없이 찰떡같은 신용을 과시했다. 봉투를 주머니에 넣은 유기견 보호소 사장이 좀 멋쩍어서 너스레를 떨었다.

"가라구치는 개들 땜에 혼이 쏙 빠져유."

보호소 사장의 흰소리에 개농장주가 무안하지 않도록 추임새를 넣었다.

"누가 아니래유. 가이를 함부루 내다꼰지니까 개통 천지 아닌감유. 마치마게 돌려써야 해유. 내꼰지문 손해지유. 요새는 머든지 알뜰하게 재활용해야 한다잖어유."

재활용에 방점이 있었다. 재활용이라도 해야 세상이 개통으로 더럽혀지지 않는다는 투다.

은밀히 출발한 화물차는 시내를 빠져나가 외곽으로 밤새 달려 골짜기에 마련된 농장에 도착했다. 농장주는 십수 년간 이 사업으로 생계를 꾸려왔다. 딱히 다른 사업을 할 만큼 자금이나 안목이 있는 것도 아니고, 배운 게 도둑질이라는 표현이 그에게는 딱 들어맞는다. 사육장은 오래전에 고물상에서 구한 싸구려 자재를 그가 직접 절단하고 용접해서 만들었다. 개 사육장은 파이프를 땅에 박고 일 미터쯤 공중에 띄워 뜬장*을 층층이 올려놓을 수 있도록 만들어졌다. 배설물이 밑으로 술술 빠지고 사람이 허리를 굽히지 않고 관리할 수 있는 높이다. 뜬장 위에는 버려진 슬레이트 조각이나 양철 쪼가리를 얹어서 눈비를 피할 수는 있지만, 땡볕에 그대로 노출되어 한여름이 되면 개들은 혓바닥을 길게 빼물고 헐떡거렸다.

한 줄에 삼십 개 정도의 뜬장이 늘어서 있고, 그것이 다섯 줄이나 되고, 한 칸에 두세 마리를 키울 수 있으니까 꽤 큰 규모라 할 수 있다. 그는 삼십 칸 다섯 줄 할 때 셋 다섯 같은 홀수를 좋아했다. 그 감방 같은 시설이 밖에서 보이지 않도록 펜스 대신에 함

---

* 뜬장 : 개농장에서 개를 사육하기 위해 철근으로 엉성하게 짠 사각 상자.

석판으로 울타리를 만들었다. 물론 그런 자재도 모두 고물상에서 헐값으로 들여왔다. 그는 닥치는 대로 일을 했기 때문에 자격증 하나 없어도 못하는 일이 없다. 웬만한 집을 짓고도 남는 실력이다. 개농장은 순전히 그의 노력으로 지어졌다.

개농장 터는 자신의 소유가 아니다. 벌써 십수 년 전에 세종시가 들어온다는 소문을 귀신같이 알고, 서울 양반이 헐값으로 사들여서 묵히는 땅이었다. 개농장주는 그 땅을 지키고 관리하는 몫으로 사육장을 지은 것이다. 지주와는 사돈의 팔촌쯤 되는 인척이었다. 가느다란 끄나풀이라도 이어져야 안심이 되는 사회다. 임대료라고 할 것도 없이 사육장을 짓고 남은 땅에 고구마 농사를 지어서, 고구마 한 상자 보내주는 게 고작이었다. 농지이기 때문에 농사를 짓는 척이라도 해야 했다. 서울 양반은 고구마를 받는 날에는 어김없이 전화해서, 이 귀한 것을 보내줘서 고맙다고 너스레를 떨었다. 그까짓 고구마가 문제가 아니라, 땅값이 천정부지로 오른다는 소식에 표정 관리를 하는 엉뚱한 흰소리라는 걸 개농장주도 금방 알아들었다.

여름이었다. 농장주가 개를 새로 사들인 것도 복더위라는 성수기를 겨냥해서다. 예전 같으면 돈을 들여서 유기견 보호소에서 개를 사들이지 않았다. 시골장을 돌면서 강아지들을 헐값으로 긁어모으거나, 직접 번식을 시켜서 구내식당의 잔반으로 개들을 키웠다. 품만 들이면 돈 몇 푼 들지 않는 괜찮은 사업이었다. 그러나 시대가 바뀌고 있었다. 동물권이니 생태환경이니 하면서 강아지를 몰아다 오랫동안 키우기가 어렵게 되었다. 인근 주민들이 냄새나 위생을 문제 삼아 신고를 하고, 시청 공무원들이 검사인지 감사인지 찾아와서 과태료를 때려서 운영이 어려워졌다. 공중에 띄운 뜬장 밑으로 분비물이 쌓이고, 비가 오면 인근 하천으로 오물이 흘러드는 구조를 지적했다. 그는 자기가 직접 오물을 버리지 않았다고 우겼지만, 과태료가 줄어들지는 않았다. 그래서 유기견 보호소장을 꼬드겼다. 처리하기 바쁜 유기견들의 출구를 만든 셈이다. 짧은 기간에 몰래 개를 키워서 몽땅 팔아버리는 새로운 작전을 세웠다.

개농장주는 개를 사랑했다. 그는 다만 키우는 개와 파는 개를 구분했다. 그는 사육장의 개들에게 사료를 주고 난 다음에는 자기가 아끼는 푸들을 돌보는 게 하루의 유일한 낙이기도 했다. 때론 정성스레 목욕을 시키고 드라이어로 보송보송하게 털을 말려주었다. 사육장은 농장주가 사료를 주기 위해 머무는 시간 외에는 늘 대문이 닫혀 있었다. 사육장 안에는 창고와 사무실을 겸하는 컨테이너가 하나 있다. 그러나 농장주의 사랑을 받는 푸들은 언제나 자유로웠다. 잠긴 컨테이너 막사 아래쪽에 푸들이 자유롭게 드나들 수 있도록 구멍을 뚫어놓았다. 농장주가 푸들을 얼마나 사랑하는지 알 수 있는 징표이기도 하다.

푸들은 그 개구멍으로 자유롭게 드나들면서 보호소에서 사육장으로 끌려온 동료들의 운명을 가늠해 보고, 시간이 날 때마다 철망에 갇혀 있는 동료들을 살폈다. 초점을 잃은 그들은 푸들이 다가가도 눈길을 피했다. 딴청을 피우고 괜히 파리가 날아다니는 동선을 쫓기도 했다. 푸들은 이 농장을 거쳐간 수많은 개의 운명을 기억했다. 그들이 끌려가던 날, 울부짖음이 잊히지 않았다.

복더위가 오면 모두 잡혀갈 텐데.

대문이 잠기면 농장은 적막에 휩싸이고, 출구가 없는 유기견들은 모두 늘어져서 잠에 빠지거나 회상에 잠겼다.

나는 비린 발등을 핥으며 지난 세월을 돌이켜보았습니다. 내 주인은 젊은 여자였어요. 직장에 다니면서 거의 정시에 퇴근해서 나를 맞아주었습니다. 나는 그녀에게 안겨서 행복한 시간을 보냈습니다. 그녀는 주말에도 따로 외출하지 않고 나와 함께 보냈습니다. 나는 아무것도 부족함이 없는 삶이었습니다.

주위 사람들이 쑤군대기 시작하더군요. 개에게 운동도 시키지 않고 방에만 틀어박혀 있다고 그녀를 나무랐습니다. 그래서 내가 좀 허약해졌지만, 불행이라고 생각하지 않았습니다. 그런데 엉뚱한 곳에서 사건이 터졌습니다. 좀처럼 외출도 하지 않던 그녀가 고속도로를 역주행하다 교통사고로 죽고 말았습니다.

아주 돌발적인 사고였죠.

경찰에서 조사한 결과, 그녀가 과거 한두 차례 과대망상증 치료를 받았다는 사실을 밝혀냈습니다. 시베리안 허스키와 썰매를 타고 북극으로 달려가서 영원히 돌아오지 않겠다는 일기장의 문장도 공개되었습니다. 나는 갑자기 외톨이가 되었어요.

사고 원인을 밝히기 위해 많은 조사원이 다녀갔지만, 나에게 위안이 되거나 상황을 반전시킬 만한 아무런 대책도 마련되지 않았습니다. 심지어 몇 안 되는 그녀의 친척에게 연락해서 내 여생을 부탁했지만, 아무도 관심을 보이지 않았습니다.

그래서 뜻하지 않게 외톨이가 되었습니다. 그녀가 고속도로를 내달릴 때 음악이 크게 울리고 있었다는데, 차가 크게 부서지고 나서도 그녀가 듣던 음악은 멈추지 않았다고 합니다. 뒤집힌 차에서 바퀴는 계속 돌아가는 그런 모양새였답니다. 〈애완의 시대〉라는 노래였습니다. 그 시절에 크게 유행하던 랩송이었죠.

누구나 귀염받고 사랑받고 싶어 해.
애완견을 키우며 애완을 받았어. 그랬어.
그러나 애완의 시간은 그리 길지 않았지.
애완이 되지 않는 애완동물과 같이 살 수는 없게 된 거야.
휴가를 내고 멀리 해변으로 떠났어.
해변은 넓고 시원해서 애완견들이 좋아하더군.
서로 같은 처지끼리 모여서 해변을 달리면서 즐거워했어.

우리가 여행에서 우연히 만난 사람을 좋아하듯이 말이야.

그걸 보는 주변 사람들도 모두 즐거워했어.

문득 즐거울 때 떠나야 한다는 생각이 들었지.

나는 주차장으로 달려가서 차를 몰았어.

어찌나 가속기를 세게 밟았던지

자동차 레이스에서나 날 법한 굉음이 들렸어.

굉음 때문에 해변의 일은 잊히어졌지.

해변을 떠났어도 애완이 절실해서

윈드서핑이 아닌 웹 서핑으로 나날을 보냈어.

그런데 병아리 부화기가 눈에 띄었어.

에디슨이 오래전에 발명했는데 모르고 있었던 모양.

색색의 여러 병아리를 부화시킬 수 있다는 기계였지.

돈도 많이 들지 않고 어렵지 않았어.

코드를 꼽고 온도와 습도만 맞추면

21일 만에 병아리가 나온다는 설명서.

짧은 시간에 애완이 되는 생명이 태어난다는데 놀랐어.

나도 그렇게 짧은 시간에 애를 낳을 수 있다면

거뜬히 여럿을 낳았을 거야. 그래. 그래. 그래.

매일 그놈의 온도와 습도 계기판을 들여다보며

더 나은 애완을 고대하고 있어. 그래. 그래. 그래.

바야흐로 애완의 시대야. 밑도 끝도 없는 애완의 시대야.

유기견들의 운명

우리는 서로 서로 애완해야 해.

바로 그거야. 그거 그거 그거~

내 주인 남자는 아주 쾌활하고 멋진 중년 신사였습니다. 터프한 생김새의 내 얼굴과 격이 맞았습니다. 언제나 깔끔한 정장 차림에 고급스러운 외제차를 몰고 다녔습니다. 매우 사교적이어서 빈번하게 사람을 만나고 통화를 하면서도 나름의 절제와 리듬을 가지고 사는 사람이었습니다. 비즈니스맨이란 이렇게 사는 것이라고 모범을 보여주려는 듯이 말입니다. 수없이 많은 플랜을 짜고 펼쳤습니다. 꿈은 이루어진다는 신념으로 똘똘 뭉친 사람이었습니다. 그러나 사람들은 아무도 그의 정체를 잘 알지 못했습니다. 괜찮은 사업가가 그의 닉네임이었지만요. 그런데 그런 그가 지하철 노숙자 그룹에 끼게 되었습니다. 아무도 그의 사연을 알지 못했으나 관심도 두지 않았습니다.

어느 날, 내가 사는 집의 살림살이에 빨간 딱지가 붙었습니다. 나는 가만히 있으면 안 될 것 같은 불안감 때문에, 내 집으로 오는 사람들에게 달려들며 마구 짖어댔습니다. 내가 험상궂게 굴어서 사람들이 찾아오는 걸 꺼리더니, 창문을 빼꼼 열고 마취총을 쏘았습니다. 나는 쓰러지지 않으려고 안간힘으로 눈알을 부라리며 짖어댔지만, 다리의 힘이 풀리면서 스르르 잠이 들고 말았습니다. 유기견 보호소로 올 때까지 아무런 기억도 없이 잠이 들어버렸습니다. 내 얼굴처럼 험상궂은 일이 벌어지고 말았죠.

　나는 아주 먼 나라 달마티아 지방에서 왔다고 합니다. 내 주인 청년은 외톨이였습니다. 모니터 앞에만 있던 그가 외출하더니 오랫동안 돌아오지 않았습니다. 나는 밖으로 나가고 싶었지만, 방 안에서 꼼짝할 수가 없었습니다. 그래서 방 안을 빙빙 돌았습니다. 너무 오랫동안 걸으니까 어지러워졌습니다. 그래서 이번에는 반대로 돌았습니다. 아주 먼 길을 유랑하던 내 조상들처럼 말입니다. 아무리 바장거려도 소용이 없었습니다. 그러다 먹이와 물도 없어서 쓰러졌습니다. 그런데 꿈인지 생시인지 가물가물하게 청년의 모습이 보였습니다. 청년은 예전보다 얼굴이 더 환하고 쾌활했습니다. 좋은 일이 있을 거라는 예감이 들었습니다. 그가 들고 온 가방에서 맛있는 음식 냄새가 솔솔 풍겼으니까요. 그러나 음식은 주지 않고 함께 외출하자고 제안했습니다. 며칠을 굶어서 기력이 없었지만, 밖으로 나가면 자유를 꿈꿀 수 있어서 기꺼이 동참했습니다. 음식 냄새가 나는 가방도 들고 있어서 조금만 기다리면 된다고 믿었습니다.

　나는 밖으로 나와서 또 한 번 놀랐습니다. 어디서 구했는지 멋진 지프 한 대가 기다리고 있었습니다. 청년은 나를 옆에 태우고 거세게 차를 몰았습니다. 나는 근래 한 번도 밖에 나와본 적이 없어서 어디가 어딘지 가늠할 수 없었지만, 바깥바람만으로도 기분이 좋아졌습니다. 도시를 지나고 마을과 마을을 지나더니 점점 더 깊은 산속으로 들어갔습니다. 더는 달릴 수 없는 지점에서 차는 멈추었습니다. 청년과 함께 나도 사뿐히 땅에 내렸습니다. 흙을 밟는 기분은 상큼했습니다. 꼬리를 흔들며 마구 뛰어다녔습니다.

마침내 청년이 가방에서 음식을 꺼내더니 산으로 힘껏 던졌습니다. 나는 그 음식을 향해 달렸습니다. 청년이 내게 음식을 주고 운동까지 시키는 거라고 믿었습니다. 나에 대한 애정을 확인하는 순간이기도 했습니다. 그 음식은 맛있는 고깃덩어리였습니다. 며칠을 굶은 내가 허겁지겁 고깃덩이를 먹고 있는데 이상한 굉음이 들렸습니다. 고기를 입에 물고 돌아보니 청년이 지프를 몰고 달리기 시작했습니다. 나는 그 차를 쫓아가려다가 포기하고 말았습니다. 지프가 워낙 빨라서 따라가기도 어렵거니와 그럴 기력도 없었습니다. 청년이 내게 자유를 준 것입니다. 나는 세상에 태어나서 처음으로 자유를 얻었습니다.

자유는 좋지만, 산속에서 혼자 살 수는 없었습니다. 나는 어디가 어딘지도 모르고 어슬렁어슬렁 마을로 내려갔습니다. 우리 조상들이 집시 마차를 타고 끝없이 유랑하듯이 말입니다. 내 조상들처럼 마차를 따라다니고 싶었습니다. 그러나 아무도 나를 반겨주지 않아서 변두리로만 빙빙 돌았습니다. 마을이나 도시로 들어갈 수 없었습니다.

그런데 어느 시골 마을에서 나와 비슷한 처지인 듯한 애를 만났습니다. 나보다 키가 훨씬 작고 볼품없었지만, 찬밥 더운밥 가릴 처지가 아니었습니다. 나는 기꺼이 그 애의 보금자리로 가서 함께 살았습니다. 폐가 구석에 마련된 그 애의 집은 아늑했습니다. 청년과 헤어지고 나서 만난 짝이라 우리는 정이 아주 각별했습니다. 그가 인도하는 대로 따라가기만 하면 먹이도 있고 흥미로운 놀잇감도 있었습니다.

아주 만족한 세월에 갑자기 날벼락이 떨어졌습니다. 고샅길에 동물구조사라는 이들이 양쪽에서 그물을 들고 몰려왔습니다. 나는 잔뜩 겁을 먹고 무작정 달리다가 그물에 걸려 고꾸라졌습니다. 나는 이게 동물 구조인지 의심스러웠습니다. 그 애는 나와 반대쪽으로 달렸는데 소식을 알 수 없습니다. 나중에 들리는 소식으로는 모든 게 나 때문이었습니다. 그 애는 원래 그 동네에 살던 개였는데, 낯선 내가 나타나면서 마을 사람이 신고했다고 합니다.

나는 유기견 보호소에 와서 뭐라 할 말이 없어져서 잠자코 있었습니다. 너무 어처구니가 없어서 잠자코 있었더니 그걸 실어증이라고 했습니다. 그리고 유기견 보호소에서 며칠이 흘렀습니다. 가끔 유기견을 입양하려는 기특한 사람들이 나타나서 둘러보지만, 아무도 실어증에 걸려 시무룩한 나를 거들떠보지 않았습니다.

나는 대표적인 싸움개입니다. 일본의 도사 지방 개와 수없이 많은 사나운 개를 교배시켜서 태어났다고 합니다. 죽도록 싸우게

끔 DNA를 조작했습니다. 내 주인은 개농장주이기도 합니다. 그는 성질이 괴팍해서 '개 키워서 언제 돈 버냐'는 반문과 은밀한 접속으로 투견장을 열었습니다.

투견장은 교묘했습니다. 아주 외떨어진 창고나 비닐하우스를 얻어서 조립식 링을 만들었습니다. 토막 난 쇠파이프를 끼워 맞추면 둥근 원형경기장이 만들어졌습니다. 몽골인들이 게르를 껴맞추듯이 말이죠. 거기에 모인 이들은 콜로세움에 모였던 이들과 비슷하게 열정이 넘쳤습니다. 그 경기장 둘레에 도박꾼들이 금방 꼬여 들었습니다. 베팅하는 사람들이 겁나게 많아서 장소를 수시로 옮겼습니다. 그는 돈 냄새가 많이 나면 위험하다고 했습니다. 그런 걸 유치할 개농장은 수두룩했으니까요.

전국을 누비고 다니며 투견과 노름판이 벌어졌습니다. 나는 농장주의 훌륭한 돈벌이 수단이었습니다. 나는 겉으로 보기에 그다지 우악스럽게 보이지 않아서 베팅하는 사람이 많지 않았지만, 연전연승했습니다. 비결은 어렵지 않았습니다. 얼마나 빨리 상대방의 목을 무느냐에 달렸습니다. 힘이 아니라 순발력이라는 얘기죠. 나보다 훨씬 덩치가 크고 힘이 센 족속들도 목을 물리면 옴짝달싹할 수 없으니까요.

그런데 그런 기술이 그냥 얻어지는 게 아닙니다. 주인은 개농장 한 곁에 내 훈련장을 따로 마련했습니다. 훈련장에 갇힌 나는 두렵기도 하고 궁금하기도 했습니다. 그런데 아무도 나타나지 않았습니다. 기절하기 직전까지 아무도 나타나지 않고 물 한 모금 주지 않았습니다. 그런데 한밤중에 짐승 냄새가 났습니다. 울안에 염소가 들어왔습니다. 나는 앞뒤 가릴 것 없이 달려들어 물어뜯었습니다. 염소는 생각보다 질기더군요. 맴맴 소리를 지르고 뿔로 들이받기도 했습니다. 염소를 물고 늘어지면서 실랑이를 하며 진땀을 뺐습니다. 그런데 우연히 염소의 목덜미를 물자, 염소가 맥을 못 추고 버둥거리다 금방 숨이 끊어지더군요. 나는 허겁지겁 염소의 뱃가죽을 찢고 살코기를 실컷 먹었습니다.

그리고 또 며칠이 지났습니다. 염소 뼈다귀까지 먹어치웠지만 더는 먹을 게 없었습니다. 굶주리는 나날이 이어지더니, 이번에는 나와 같은 개가 들어왔습니다. 나보다 덩치가 더 큰 만만찮은 상대였습니다. 그러나 그는 뭐든 먹지 않으면 안 되었습니다. 서로 이빨을 드러내고 상대를 노려봤습니다. 꼬리를 살랑살랑 흔들기는 했지만, 그것은 절대 서로에게 보내는 호감이 아니었습니다. 이 전투에서 이기고야 말겠다는 선전포고였습니다. 앞발을 높이 들고 서로 달려들어 목덜미를 물고 누르려고 했습니다. 나는 귀때기를 물고 늘어지다가 염소 생각이 나서 아가리를 돌려 목덜미를 물었습니다. 역시 그도 염소처럼 바닥에서 버둥거리다가 숨이 끊어졌습니다. 나는 동족도 잡아먹는 무시무시한 짐승이 되었습니다. 그러나 그것은 내 주인이 마련한 플랜이었습니다. 복싱 선수를 단련시키기 위해서 점점 더 센 스파링 파트너를 집어넣는 방식

말이죠. 굶주림에서 얻은 해법은 쉬 잊히지 않았습니다. 뛰어오르면서 으르렁거리는 허세를 부려도 아무런 소용이 없고, 누가 먼저 목을 무느냐가 생사의 갈림길이었습니다. 연전연승의 절정기였습니다.

그런데 언젠가 내가 밑으로 파고들며 목을 물려는 순간 다부진 불테리어의 앞발에 차여서 나둥그러지고, 오히려 내 목이 물렸습니다. 여러 번 승리한 나의 작전을 간파한 어떤 농장주가 불테리어에게 혹독한 훈련을 시킨 겁니다. 밑으로 파고드는 내 얼굴을 발로 차서 쓰러트리고 목을 물라고. 막대한 돈이 걸려 있어서 모두 목을 매고 덤볐습니다.

단 한 번의 패배로 나는 이제 쓸모가 없어졌습니다. 내 주특기는 이제 통하지 않았으니까요. 주인은 그 마지막 한 판의 베팅으로 알거지가 되고 말았답니다. 주인은 나를 심하게 걷어찼습니다. 나는 기절한 상태에서 버려졌습니다. 유기견 보호소에 와서 내 목에 상처가 있다는 걸 알았습니다. 심하게 물린 것이지요. 물고 물리는 인생이었나 봅니다. 물론 자비로운 보호소에서 상처에 소독약을 발라주었습니다. 치료가 잘 될지 모르겠습니다. 한 번의 패배가 그렇게 치명적인지 몰랐습니다.

초조한 푸들

복더위가 다가오는 어느 날 농장주의 친구들이 사육장에 몰려왔다. 그들은 승용차 트렁크에서 소주 박스와 수박을 꺼내 사무실 앞 들마루에 내려놓았다. 서로 유쾌하고 단란한 사이라는 게 단박에 느껴졌다. 말할 것도 없이 모두 바이러스에 감염된 인간들이었다.

"골라 잡어. 맛난 거루."

농장주의 제안에 그의 친구들이 뜬장을 둘러보며 희희낙락했다.

"이짝 불도그는 껍데기가 두꺼울 꺼 가꾸, 저짝 허스키는 다부진 늠이라 찔길 거 가트네. 요짝 황구가 어뗘?"

그들은 토종개와 비슷한 잡종 요놈을 골랐다. 농장주는 푸들이 보는 앞에서 뜬장에 있는 개 중에서 황구의 아가리에 전기봉을

쑤셔 넣었다. 황구는 깩소리 한번 제대로 내지 못하고 픽 쓰러졌다. 뜬장에 있는 다른 개들은 황구의 죽음에 충격을 받고 오줌을 질질 쌌다. 푸들은 너무 끔찍해서 얼른 컨테이너 안으로 들어가서 부들부들 떨었다.

농장주는 축 늘어진 황구의 귀때기를 잡고 끄집어내서 질질 끌고 샘가로 갔다. 그는 준비된 토치로 털을 그을렸다. 터럭이 타는 냄새로 푸들의 애간장이 탔다. 푸들은 몸 둘 바를 모르고 안절부절못했다.

푸들은 컨테이너 안에서 밖을 내다보지 않아도 모든 게 눈에 선하게 그려졌다. 푸들은 진저리를 쳤다. 이전에 여러 번 겪은 트라우마였다.

그들은 내장을 들어낸 개를 손도끼로 내려쳐서 여러 조각을 냈다. 고깃덩어리를 화덕에 걸린 가마솥에 넣었다. 그들은 몸에 좋다고 준비해 온 옻나무와 엄나무 토막을 가마솥에 넣고 불을 지폈다. 그들은 솥에서 김이 펑펑 나는 동안 개들을 어디에다 팔아먹고, 투견장을 언제 어디서 열 것인지와 베팅 금액을 가지고 게거품을 물었다.

푸들은 점점 더워지는 날씨만큼이나 근심이 커졌다. 복날이 가까워질수록 농장에 있는 모든 친구의 목숨이 위태로워지기 때문이다. 푸들은 아무리 주인이 자기를 아끼고 사랑한다고 해도,

친구들을 자신이 보는 앞에서 무지막지하게 도살하고 보신탕 업자에게 팔아넘기는 걸 용서할 수 없었다. 그것도 유기견 보호소와 결탁해서 부정한 짓거리로 돈벌이에 혈안이 된 주인을 고발하기로 마음먹었다. 그러나 자신의 내부 고발은 아무도 받아주지 않았다.

어떻게 하나?

푸들의 고민은 깊어졌다. 푸들은 몰래 사무실을 빠져나와 어둠이 내린 사육장을 소리 없이 거닐었다. 뜬장이 길게 늘어선 개 농장은 긴 회랑이 있는 감옥이었다. 그러나 고민만큼 일이 어렵지 않다는 걸 깨달았다. 사육장의 뜬장은 단순한 빗장 고리로 채워져서 마음만 먹으면 얼마든지 열 수 있었다. 먹이를 줄 때 뜬장의 문을 쉽게 여닫기 위해서 빗장으로 설계된 것이다. 푸들이 앞발을 뜬장에 짚고 서서 빗장 고리를 살짝 돌리기만 하면 문이 열릴 것 같았다. 뜬장은 사람들이 허리를 굽히지 않고 관리할 수 있도록 설계된 높이였다. 푸들은 연습 삼아 앞발을 들어서 짚어보았지만, 발끝이 겨우 뜬장 끝에 닿을 뿐 빗장 고리에 미치지 못했다. 자신의 키가 형편없이 작다는 걸 새삼스레 깨달았다.

푸들은 무슨 수를 써서라도 이 친구들과 함께 탈출하기로 마음먹었다.

어쩌지?

푸들은 어제 개농장주의 통화 내용을 엿듣고 가슴이 두근거렸다. 내일 아침 일찍 트럭이 온다고 했다. 개들이 들어 있는 뜬장을 트럭에 실어버리면 그것으로 모든 게 끝장이었다. 곧바로 도살장으로 직행할 것이다. 평소에는 컨테이너 사무실에서 잠을 자지 않던 농장주가 푸들과 함께 밤을 보냈다. 아침 일찍 작업하기 위해 농장주가 사무실에서 잠을 잤다. 농장주가 없다면 어떻게 무슨 수를 써보려고 했는데, 푸들을 꼭 껴안고 있어서 옴짝달싹할 수가 없었다. 푸들은 초조했지만, 농장주가 잠들기를 기다렸다. 농장주가 코를 골며 잠에 빠진 걸 보고, 푸들은 그의 품에서 살그머니 빠져나왔다.

농장주는 늘 술을 마셨다. 소주를 박스째로 사다 놓고 마셨다. 빈 병으로 채워진 소주 박스는 컨테이너 뒤란에 쌓여 있었다. 푸들이 그 소주 박스를 떠올린 것이다.

아, 그거였어!

푸들은 농장주의 배려로 컨테이너에 개구멍이 뚫려 있어서 맘대로 드나들 수 있는 게 그나마 천운으로 여겨졌다. 푸들은 컨테이너 뒤뜰에 있는 소주 박스에서 빈 병을 하나씩 빼내고, 빈 박스를 입에 물고 질질 끌면서 뜬장 앞으로 갔다. 어디에 있는 어느 빗장 고리부터 풀 것인지 고민하지 않고 허스키가 갇혀 있는 뜬장으로 갔다.

푸들은 허스키의 늠름한 체구와 얼굴을 보기만 해도 남모를 자부심을 느꼈다. 우리들의 조상은 원래 저런 모습일 거라는 생각이 들었다. 푸들은 허스키가 있는 뜬장 앞에 빈 박스를 엎어놓고 올라서서 앞발을 짚어보았지만, 빗장 고리에 닿지 않았다. 아직도 키가 모자랐다. 푸들은 박스에서 내려와서 고개를 갸웃갸웃하면서 바라보았다. 박스를 세로로 세우면 빗장 고리에 닿을 수 있다는 생각이 들었다. 푸들이 박스를 세로로 세우고 그 위에 올라서서 앞발을 뜬장에 짚으려는 순간, 그만 나둥그러지고 말았다. 농장주가 낌새를 채고 깨어나면 모두가 끝장이 나고 말 것 같아서 등골이 오싹했다. 푸들은 넘어진 빈 박스를 보고 고개를 갸웃거렸다. 바닥이 고르지 못해서 박스가 넘어진 것을 발견했다. 푸들은 발톱으로 바닥을 평평하게 고르고 박스를 다시 세웠다. 그리고 사뿐하게 박스에 올라서서 뜬장의 빗장 고리를 돌렸다. 드디어 문을 열 수 있게 된 것이다.

허스키는 푸들이 빗장 고리를 돌리는 장면을 유심히 바라보며 또렷한 반응을 보였다. 그는 눈빛으로 말을 걸었다.

"나오라고?"

푸들이 다급하게 소리쳤다.

"그래. 지금 바로 탈출해야 해. 안 그러면 트럭에 실려서 모두 도살장으로 끌려간다니까."

푸들의 말귀를 알아들은 허스키가 주둥이로 뜬장 문을 밀치고 아래로 사뿐히 뛰어내렸다. 오랫동안 갇혀 있었지만, 허스키는 아직 건장했다. 그는 모처럼 흙을 밟고 부르르 몸을 떨며 진저리를 치고, 허리를 길게 늘여서 기지개를 켰다. 그리고 허스키는 푸들과 코를 맞대며 인사를 나누고, 사타구니 냄새로 서로의 생체 지도 병함을 주고받았다. 그리고 꼬리를 살랑살랑 흔들면서 서로 호감을 표했다. 눈치 빠른 허스키는 푸들의 신호를 금방 알아들었다. 뜬장에 함께 있던 달마티안도 허스키처럼 열린 문에서 가볍게 뛰어내렸다.

"지금 여기를 탈출하라고?"

허스키가 조무래기 푸들의 코에 코를 가까이 들이대고 되물었다. 사람에겐 손가락에 지문이 있지만 개는 코에 비문(鼻紋)이 있다. 그들은 냄새로 세상을 파악한다.

"그렇다니까. 너는 키가 크니까 뜬장의 빗장 고리를 모두 벗기고 친구들을 불러내. 여기를 탈출하게."

푸들이 두 번째로 뛰어내린 달마티안에게 다그쳤다. 허스키가 푸들의 진심을 알아듣고 행동에 나서려는 순간 농장 대문 밖에서 트럭이 클랙슨을 울렸다. 때마침 잠이 깬 농장주가 컨테이너 사무실 문을 열고 나왔다. 농장주는 허스키와 달마티안이 땅바닥에 나와 있는 낯선 광경과 마주치고 얼어붙었다. 푸들 일행도 얼어붙긴 마찬가지였다. 순간이었지만 긴 시간처럼 느껴졌다. 그들의 의식에 일침을 가해 깨운 것은 농장에 도착한 트럭 기사가 더는 못 참겠다는 듯이 마구 클랙슨을 울렸을 때였다. 농장주는 황급히 대문을 열고 트럭을 불러들였다. 농장 안으로 들어온 트럭의 시동을 끄고 땅바닥에 내려선 기사도 낯선 광경과 마주치고 얼어붙긴 마찬가지였다. 농장주는 얼른 농장 대문부터 잠갔다. 자기도 모르게 개들이 도망칠 수 있다는 생각이 들었던 모양이다. 농장주는 한 번도 보지 못한 저지레한 사태였다. 오랫동안 작동이 멈췄던 공장에서 전원 스위치를 올리자, 일제히 자신들의 방식으로 돌아가는 톱니바퀴처럼 그들이 제정신으로 돌아왔다.

농장주와 트럭 기사는 한참 만에 진상을 깨달은 것이다. 푸들과 허스키 무리도 엄중한 위기에 봉착했음을 느꼈다. 농장주와 트럭 기사는 우선 몽둥이를 찾으려고 주변을 살폈고, 푸들 일당은 몸을 숨기려고 뜬장 밑으로 들어갔다. 거기는 배설물이 질펀하게 깔려 있었다. 푸들은 농장주가 몽둥이를 휘두르며 쳐들어오기 전에 공격적으로 나가기로 했다. 푸들이 다급하게 소리쳤다. 달마티안이 큰 키로 빗장을 열고 도사견과 불도그를 불러내서 가담시켰다.

"허스키, 도사견과 불도그는 농장주와 트럭 기사를 맡고 달마티안은 뜬장의 모든 고리를 벗겨. 친구들이 전부 나올 수 있게."

푸들의 다급한 명령을 받은 허스키, 불도그, 도사견은 몽둥이를 잡은 농장주와 트럭 기사를 향해 이빨을 드러내고 달려갔다. 그들은 몽둥이를 휘둘렀지만 그런 섣부른 동작에 당할 친구들이 아니었다. 네발짐승은 두 발로 걷는 인간보다 두 배 이상 빠른 순발력을 가지고 있다. 어떤 위험물을 피할 때 짐승들은 네 발로 몸을 움직일 수 있지만, 두 발로 움직이는 인간들은 느릴 수밖에 없다. 단순한 수치만이 아니다. 실제로 짐승과 인간의 달리기 속도는 배 이상 차이가 난다. 인간들은 두 발로 뛰지만, 짐승들은 네 발로 뛴다. 거기에다 인간의 허리는 상체를 떠받치는 지지대 역할밖에 하지 못하지만, 짐승들은 네 발과 허리의 탄력을 달리기에 배가시킨다. 놀랄 만한 강속구를 던지는 투수 앞에서 헛스윙으로 물러나는 타자들처럼 그들은 몽둥이를 휘두르다 금방 궁지에 몰렸다. 불도그와 도사견은 몽둥이질을 피하는 정도에 그치지 않고 그 헛손질로 균형을 잃는 그들의 바짓가랑이를 물어뜯었다. 그들은 이게 몽둥이로 해결될 일이 아니라는 것을 깨달았다. 일대일로도 버겁다는 걸 알게 되었다. 거기에다 달마티안이 뜬장의 빗장고리를 벗겨서 사육장의 모든 개가 우르르 몰려나오는 걸 보고 기겁했다. 그들은 몽둥이를 휘둘러서 개에게 물리지 않도록 방어하면서 서둘러 컨테이너 사무실로 도망쳤다.

그러나 이게 끝이 아니었다. 그들은 분을 못 참고 중무장을 하고 문밖에 나왔다. 개를 도살할 때 쓰는 전기봉을 앞세우고 나타난 것이다. 그러나 그것도 개들에게는 크게 위협이 되지 않았다. 수십 마리의 개들이 사방에서 으르렁거리며 달려들자 금방 꽁무니를 빼고 도망쳤다. 삼지창을 든 포졸 하나가 날렵한 무사들에게 포위당한 꼴이었다. 그들은 전기봉이고 뭐고 장비를 챙길 새도 없이 컨테이너 안으로 도망쳤다.

초조한 푸들

푸들은 일단 위기를 넘겼지만 빨리 탈출하지 않으면 무슨 화가 닥칠지 모른다는 불안감이 엄습했다. 푸들은 투지에 넘치고 험악하게 생긴 불도그와 도사견, 불테리어 종자들에게 컨테이너 문을 봉쇄하도록 하고 탈출 방법을 제시했다.

"울타리 밑으로 땅굴을 파자. 빨리, 시간 없어."

상황을 재빨리 알아듣지 못한 개들이 어리둥절하고 있을 때, 허스키가 앞장섰다.

"그래. 우리 꼬마 대장 푸들의 말이 맞아. 달리 방법이 없잖아? 빨리 땅굴을 파고 여기를 탈출하자."

허스키는 말로만 하지 않고 앞장서서 땅굴을 파기 쉬운 울타리 밑으로 가서 시범을 보였다. 허스키가 울타리 밑의 흙을 앞발로 긁어내자 금방 구덩이가 생겼다.

그렇게 하면 되는구나!

다른 개들이 그 광경을 보고 고개를 주억거리며 달려들었다. 개들은 허스키의 옆과 꽁무니에 붙어서 앞에서 밀려오는 흙을 뒤로 밀어냈다. 순식간에 릴레이 작업이 시작되었다. 땅에는 흙만 있는 게 아니라 돌덩이도 나왔다. 돌덩이를 끌어내는 건 불가능해서 옆구리로 다시 땅굴을 파야 했다. 시간이 지날수록 초조해졌다. 컨테이너 쪽을 살핀 푸들이 달려와서 서두르라고 소리쳤다.

"농장주가 전화로 우리가 쿠데타를 일으켰다고 떠들어대고 있어. 곧 지원군이 몰려올 거야. 그들이 오기 전에 여기를 도망쳐야 해."

　푸들이 다그칠 때마다 개들은 모두 오금이 저렸다. 그러나 불안을 떨쳐내고 모두 힘을 합쳐 땅굴을 팠다. 탈출구가 뚫리기 직전에 여러 대의 승용차가 농장으로 몰려왔다. 농장주의 SOS를 받고 몰려온 무리였다. 그들은 틀림없이 지난번에 농장주의 선심으로 개를 마구 잡아먹던 족속들이 분명했다. 그래서 오늘 이 싸움에서 지면 그들에게 먹힐 게 뻔했다. 그들에게도 여전히 바이러스 냄새가 났다.

　개들은 위기에 직면했다. 앞뒤로 적을 맞은 것이다. 먼저 땅굴을 뚫고 밖으로 나오자 여러 대의 승용차에서 인간들이 나타났다. 그들은 빈손이 아니라 야구방망이나 골프채를 들고 있었다. 팔뚝에 어지러운 문신을 한 놈은 손도끼도 들고 있었다. 맨 먼저 땅굴을 빠져나온 허스키는 동료들을 불러내서 무기를 든 괴한들과 대치하는 진영을 짰다. 개들은 빠른 발로 순식간에 괴한들을 둘러쌌다. 그들이 정면에서 휘두르는 무기를 피하면서 위협을 해서 개들이 모두 탈출하기를 기다렸다.

　한편, 개농장 안쪽에서 탈출에 신경을 쓰느라고 컨테이너 문짝 경계를 소홀히 하는 틈에 농장주가 아주 무서운 무기를 들고 나타났다. 농장주는 전쟁에서 쓰는 화염방사기 같은 토치램프를 들고 나왔다. 그것은 개들을 도살하고 털을 그을리던 고약한 무기였다. 농장주가 토치램프 손잡이를 들고 앞장서고, 트럭 기사는 뒤에서 가스통에 이어진 줄을 잡고 뒤따랐다.

휘리익 휘리익······

농장주가 파란 불꽃을 앞세우고 토치램프를 휘둘렀다. 아직
미처 땅굴을 빠져나가지 못한 개들은 위기를 맞이했다. 푸들은 이
번에도 앞장서서 개들을 지휘했다. 개들의 빠른 순발력을 이용해
서 순식간에 농장주와 트럭 기사를 둘러쌌다. 그리고 취약한 측면
과 뒤통수를 공략했다. 플롯하운드, 그레이하운드 같은 날렵한 종
자들이 그들의 등짝에 뛰어올라서 물어뜯기도 했다. 교대로 그들
의 다리와 등짝을 물고 도망치는 작전을 구사하자 혼쭐이 난 그들
은 토치램프를 내동댕이치고 컨테이너 사무실 안으로 다시 도망
쳤다. 토치램프를 미처 끌 새도 없이 내팽개치고 도망쳐서, 땅바
닥에 누운 토치램프가 저 혼자 푸른 불꽃을 내뿜고 있었다. 문을
단단히 잠근 농장주는 밖을 향해 소리쳤다.

"내가 너를 월매나 애꼈는디 이 지랄이야. 내가 가만두덜 안을
껴. 두구바 이 쌔끼야."

푸들을 향한 욕지거리였다. 농장주가 푸들을 예뻐하고 보살핀
건 사실이지만, 그건 개들에 대한 진정한 애정이 아니라고 푸들
은 속으로 반박했다. 개들을 돈벌이 수단으로 삼았고, 자신에 대
한 애정은 면죄부를 받으려는 변태 짓거리라고 항변했다. 그러나
지금은 너무 다급해서 콩이니 팥이니 진위를 따질 때가 아니었다.
농장주가 컨테이너 사무실로 도망친 틈을 이용해서 개들은 모두

땅굴로 빠져나갔다. 푸들은 마지막까지 빠진 식구들이 없는지 살폈다.

승용차가 여러 대가 나타나서 왁자지껄하던 분위기와 달리 농장 바깥은 예상 밖으로 조용했다. 이미 농장 안에서와 마찬가지로 한바탕 개들과 인간들이 맞붙었으나, 미쳐 날뛰는 개들을 인간들은 감당하지 못하고 승용차 안으로 도망쳐서 오들오들 떨고 있었다. 백여 마리의 개들이 이빨을 드러내고 덤벼들자 그만 기겁을 하고 꽁무니를 뺀 것이다. 개들의 완벽한 승리였다.

이는 호랑이를 만난 늑대나 들개들이 펼치는 작전이다. 일대 일로는 감당할 수 없지만, 수적 우위를 바탕으로 호랑이를 포위하고 공격하는 방식이다. 호랑이가 달려드는 정면은 도망치고 뒤쪽에서는 달려든다. 마치 풍선이 원형을 그대로 유지하면서 움직이지만, 결코 포위망은 뚫리지 않는 것이다. 결국, 호랑이는 나무 위로 도망치고 만다. 누구 하나 다치거나 낙오자 없이 전원 개농장 탈출에 성공한 것이다.

등불의 나라

아주 먼 옛날, 호모 사피엔스라는 사람들과 짐승들이 산과 들에 흩어져 살았다. 사람들이 아직 바이러스에 감염이 되지 않았을 때였다. 사람들과 짐승들은 가끔 싸우기도 했지만, 적당히 거리를 유지하면서 그런대로 평화롭게 살았다. 사람들에게는 돌도끼와 몽둥이가 있지만, 짐승들에게는 발톱과 이빨이 있어서 서로 만만한 상대가 아니었다. 오히려 두 발로 걷는 사람들보다 네 발로 뛰는 짐승들이 훨씬 빨라서 짐승들이 유리했다. 그래서 사람들은 뭉쳐 다니면서 짐승들의 공격을 막아내고, 때론 짐승들을 사냥하기까지 했다.

사람들은 밤에 잠을 잘 때가 더욱 위험하다고 느꼈다. 그래서 언덕에 굴을 파고 그 안에서 자야만 했다. 운이 좋으면 커다란 바위굴을 발견해서 여러 식구가 함께 살기도 했다. 밤에 벌어지는 짐승들의 야습을 막기 위해서 굴 어귀에는 지킴이를 세우기도 했다.

그런데 어느 날부터 사람들은 요술 방망이를 갖게 되었다. 그것은 사람들에게 굶주림과 추위를 이겨내게 했다. 아주 딱딱해서 씹어지지 않는 열매도 구워서 부드럽게 먹을 수 있고, 추운 겨울도 따뜻하게 보낼 수 있게 되었다. 사람들이 불을 갖게 된 것이다. 사람들이 모여 사는 동굴 어귀에는 모닥불이 활활 타올랐다.

짐승들은 듣도 보도 못 한 불길에 잔뜩 겁을 먹었다. 사방에서 짐승들이 모여들어서 모닥불을 바라보며 넋을 잃었다. 깜깜한 밤인데도 불길이 타오르면 주위가 대낮처럼 환하게 밝았다. 짐승들은 깜깜한 밤에 잠이 든 사람들을 습격하기도 했는데, 이제 대낮처럼 환하게 밝아서 마음대로 움직일 수 없게 되었다. 더군다나 사람들은 산과 들에 온통 불을 질러서 짐승들을 다 구워 먹을 거라는 소문을 퍼트리기도 했다.

아니나 다를까, 엎친 데 덮친 격으로 산과 들에 어마어마한 산불이 일어났다. 불길은 짐승들의 털가죽에 쉽게 옮겨붙기 때문에 모두 불에 타 죽을 지경이었다. 짐승들은 이리 뛰고 저리 뛰면서 불길을 피하려고 안간힘을 썼다. 많은 짐승이 불에 타 죽고 작은 무리만 겨우 불길에서 도망칠 수 있었다. 짐승들은 헐레벌떡 산불을 피해 더 깊고 높은 산으로 들어갔다. 사람들이 짐승들을 몽땅 잡아먹으려고 불을 지른 것이다. 가끔 어마어마한 불덩이가 천둥소리와 함께 떨어졌다. 그래서 어마어마하게 큰 공룡이나 매머드도 사람들이 다 구워 먹었다는 뜬소문도 돌았다.

짐승들은 겨우 산불을 피하기는 했지만 언제 또다시 불을 지를지 모른다는 불안감에 시달렸다. 위기를 맞은 짐승들 사이에는 대책을 마련해야 한다는 여론이 들끓었다.

짐승들이라고 다 같은 종자가 아니었다. 마구잡이로 짐승들을 잡아먹는 고기먹는짐승들과 순하고 부드러운 풀만먹는짐승들로 나뉘었다. 그래서 짐승들끼리도 한자리에 모이기는 매우 드문 일이었다. 모닥불이라는 무시무시한 날벼락이 없었더라면 애초에 이루어질 수 없는 모임이었다. 활활 타오르는 불길을 바라보면서 겁을 먹은 짐승들이 모여들긴 했지만, 서로 경계의 눈초리를 감추지 않았다.

고기먹는짐승이나 풀만먹는짐승끼리도 나름 노니는 자리가 따로 있었다.

우선 고기먹는짐승들이 쭉 늘어섰다. 호랑이가 가운데 자리 잡자 그 옆에 표범이 앉고, 늑대가 앉고, 여우가 앉고, 너구리가 앉고, 오소리가 앉고, 그런 식이었다.

서로 간에도 먹이를 갖고 다투는 원수나 마찬가지였지만, 오늘은 모닥불이라는 더 큰 날벼락에 대처하기 위해서 다툼을 멈추기로 한 것이다.

풀만먹는짐승들도 마찬가지였다. 고기먹는짐승들처럼 서로 죽고 죽이는 사이는 아니지만 먹는 풀의 종류도 조금씩 다르고, 노니는 장소도 달라서 좀처럼 한자리에 모이지는 않았다. 더군다나 고기먹는짐승들이 오는 곳은 질색이었다. 꿈에 나타나도 진저리를 칠 정도였다.

그러나 오늘은 좀 사정이 달랐다. 사람들이 가진 모닥불에 신경을 쓰지 않을 수 없게 된 것이다. 그러나 아무래도 풀만먹는짐승들에게는 나름의 방패가 필요했다. 그래서 풀만먹는짐승들은 고기먹는짐승들과의 사이에 찔레 가시가 우거진 자리를 선택했다. 찔레 가시 때문에 고기먹는짐승들이 금방 달려들지 못하도록 하고, 가지 사이로 서로의 표정을 살피고 의견을 나누기에는 지장이 없는 마땅한 자리였다. 풀만먹는짐승들은 고기먹는짐승들이 자신들을 보기만 하면 사정없이 덤빈다는 사실을 한시도 잊지 않았다.

풀만먹는짐승들도 찔레나무 건너편에 사슴, 고라니, 멧돼지, 토끼, 당나귀 등이 적당히 늘어섰다. 이쪽도 저쪽도 아닌 쥐와 고슴도치는 찔레나무 가시 틈에서 나부댔다. 찔레 가시 사이로 빠져다니는 쥐새끼를 아무도 쉽게 잡을 수 없고, 아무 때고 몸뚱어리를 공처럼 둥그렇게 말면 가시투성이가 되는 고슴도치는 아무도 거들떠보지 않았다.

드디어 회의가 시작되었다. 짐승 중에 으뜸이랄 수 있는 호랑이가 입을 열었다.

"여러분들이 다 아시다시피 사람들이 이상한 짓거리로 모닥불을 피웠다. 깜깜한 밤에 우리는 빠른 발로 사람들을 잡기도 했는데, 모닥불 때문에 대낮처럼 밝아서 사람들이 자는 동굴에 가까이 갈 수 없게 되었다. 이를 어찌하면 좋으냐?"

호랑이는 부아를 참지 못하고 으르렁거렸다.

짐승들은 아무도 답을 내놓지 못하고 주눅이 들어서 속으로만 이죽거렸다.

멧돼지는 꿀꿀, 늑대는 엉엉, 너구리는 웡웡, 여우는 캥캥, 당나귀는 콧방귀로 프릉프릉, 사슴과 고라니는 큰 눈만 대굴대굴, 토끼와 쥐는 찍찍, 고슴도치는 콧구멍만 벌름벌름, 새들은 나뭇가지에서 까딱까딱 꼬리를 까부를 뿐이었다.

호랑이는 아무런 대꾸도 듣지 못하자 무리를 둘러보며 눈알을 부라렸다. 모두 겁을 먹고 얼어붙었다. 이때 늑대가 체면치레로 나섰다.

"우리가 이대로 물러서지 말고 쳐들어가서 사람들과 결판을 냅시다."

늑대의 갑작스러운 제안에 짐승들은 중얼중얼 소란스럽다가 누군가 소리쳤다.

"함부로 쳐들어가면 모두 불에 타 죽는다."

그 말 한마디에 무리는 쥐죽은 듯 조용해졌다. 늑대는 머쓱해져서 꼬리를 사타구니에 집어넣고 뒤로 물러났다. 체면을 세우려다가 낯짝만 붉히고 말았다. 불은 짐승들에게 두려움을 넘는 공포였다.

할 수 없이 호랑이가 무리를 둘러보고 여우를 콕 짚었다.

"여우, 네가 사람들의 모닥불을 훔쳐 와라."

갑자기 지목을 받은 여우가 잔뜩 겁을 먹었다. 꼬리를 사타구니에 감추고 낑낑거렸다. 짐승들은 호랑이에게 지목당하지 않으려고 눈이 마주치지 않도록 고개를 돌리고 있다가, 호랑이가 여우를 지목하자 한숨을 돌리면서 박수쳤다. 이런 일은 약삭빠른 여우가 제격이라고 모두가 호랑이를 부추겼다. 여우는 겁이 나서 엉덩이를 빼다가 다른 도리가 없다는 걸 깨달았다. 여러 짐승에게 버림을 받으면 살아남기 어렵기 때문이었다. 꾀 많은 여우는 구렁텅이에 빠져도 살아남을 수 있다고 자신의 재주를 믿었다. 여차하면 도망쳐서 굴속에 숨어 있을 요량이었다. 그러나 여우는 겉으로 내색하지 않고 앞으로 나서서 말했다.

"호랑이님, 짐승님들, 여러분의 뜻을 받들어 모시겠습니다."

여우가 용기를 내자 짐승들의 환호성이 터졌다.

여우는 꼬리를 사타구니에 감고 사람들이 모닥불을 피우고 있는 동굴로 다가갔다. 바스락 소리조차 나지 않는 조심스러운 발걸음이었다. 눈과 귀와 콧구멍이 예민하게 작동했다. 모닥불이 가까워질수록 납작 엎드려서 기어갔다. 모닥불 주변에는 사람들이 흩어져서 잠을 자고 있었다. 여우는 좀 더 가까이 가서 모닥불 한 토막을 물고 달아날 작정이었다.

여우는 숨을 죽이고 다가서다가 묘한 냄새와 마주쳤다. 불내와 어우러진 이상한 냄새였다. 여우는 활활 타오르는 위험한 모닥불보다 그 주위에 있는 맛있는 냄새가 나는 뼈다귀가 탐이 났다. 모닥불을 물고 달리다 자칫하면 자신의 털에 옮겨붙어서 타버릴지도 모른다는 두려움이 크기도 하고, 코를 찌르는 맛있는 냄새를 외면할 수 없었다.

그건 사람들이 구워 먹다 남긴 짐승들의 고기였다. 여우는 모닥불보다 고기가 탐이 나서 뼈다귀를 물었다.

그때, 사람 지킴이가 눈을 번쩍 떴다. 여우는 발바닥에 불이 나도록 달렸다. 지킴이가 사정없이 돌멩이를 내던졌다. 불이 활활 타오르는 모닥불 방망이도 날아왔다. 여우는 요리조리 피해서 겨우 달아날 수 있었다. 멀리 도망쳐서 더는 사람들이 쫓아오지 않을 만한 곳에서 가쁜 숨을 돌리고, 자신의 입에 있는 토막을 내려놓고 냄새를 맡았다.

"이건 처음 보는 물건이네! 냄새도 향기롭고!"

여우는 그 토막에 코를 들이대고 냄새를 맡으면서 새삼스레 감탄했다. 그 토막은 짐승의 뼈다귀였다. 거기에는 살코기가 더덕더덕 붙어 있었다. 여우는 배가 몹시 고팠다. 여우는 살코기를 뜯어 먹었다. 기막히게 맛있었다. 여우는 사람들이 짐승들을 잡아다가 불에 구워 먹는다는 사실을 확실히 알게 되었다. 살코기에는 불내가 진동했다.

여우는 능청스럽게 살코기를 다 뜯어 먹은 뼈다귀를 물고 짐승들이 기다리는 숲속으로 가려다가 마음을 바꿨다. 아차 싶었다.

자신이 물고 온 뼈다귀는 모닥불이 아니라서 짐승들이 금방 눈치챌 것 같았다. 만일 자신의 거짓말이 들통 나면 짐승들에게 주리를 틀리거나 호랑이에게 물려 죽을 것이라는 공포에 휩싸였다. 그래서 여우는 뼈다귀를 버리고, 아까 사람 지킴이가 자신에게 마구 내던졌던 불방망이를 찾으러 되돌아갔다. 아무래도 짐승들은 코가 예민해서 불방망이와 뼈다귀를 금방 알아차릴 수 있을 것으로 느껴졌다. 여우는 조심스럽게 불방망이를 찾아서 입에 물고 짐승들이 모여 있는 숲속으로 달려갔다. 여우는 달리면서 콧노래를 불렀다. 자신의 속임수에 놀아날 짐승들을 생각하니 코웃음이 절로 났다.

여우는 방망이를 호랑이 앞에 놓고 뒤로 물러났다. 다른 짐승들도 방망이를 빙 둘러싸고 고개를 갸웃거렸다. 아무리 들여다보아도 불이 보이지 않자, 호랑이가 버럭 화를 냈다.

"이 이상한 막대기가 뭐냐?"

워낙 우렁찬 호랑이의 목청에 여우가 겁을 먹고 쩔쩔맸다. 자세히 보고하지 않으면 혼쭐이 날 것 같았다. 호랑이가 화풀이하면 아무도 살아남지 못한다는 걸 다 알고 있었다.

"사람들이 자는 틈에 모닥불 한 토막을 물고 도망치려는데, 그만 사람 지킴이가 깨어나서 마구잡이로 돌팔매질을 해댔습니다. 불방망이도 마구 내던지고요. 하마터면 돌멩이에 머리통이 박살 날 뻔했습니다. 워낙 경황이 없었지만 아무거나 물고 온 게 아니라 불방망이를 골라서 물고 왔습니다. 그리고 쉬지 않고 달려왔습죠. 그게 바로 이겁니다. 네네."

여우는 거짓말을 보태서 둘러대고는 머리를 주억거리며 뒤로 살살 물러났다. 호랑이는 곧이듣지 않는 눈치였다. 오히려 더 크게 화를 냈다.

"사람들이 쓰는 불을 훔쳐오기로 했잖아. 이건 불이 아니야."

여우가 또다시 거짓말로 둘러댔다.

"그 불이라는 놈이 요술 방망이나 마찬가지라서 물고 오는 사이에 금방 꺼집니다. 사람들도 수시로 불을 꺼트리고, 불이 꺼지면 자기들끼리 싸우다가 흩어진다니까요. 이 불방망이 냄새를 맡아보세요. 틀림없이 불내가 납니다."

여우는 거짓말을 보태기는 했지만, 불이 붙은 모닥불을 물고 올 수 없다는 사실을 알렸다. 지난번 어마어마하게 큰 산불이 일어나서 많은 짐승이 타 죽었던 걸 상기시켰다. 여우는 불을 가까이하는 순간 털가죽이 홀랑 타버린다는 사실을 깨달은 것이다. 아무리 그럴싸한 말을 해도 알아듣지 못하는 짐승들이 답답했다. 짐승들은 오래전에 겪은 재앙을 금방 잊어버렸다.

짐승들은 불을 가질 수 없게 되어 절망했다. 그다음 날에도 짐승들의 회의는 계속되었다. 여우 대신 다른 짐승을 보내려고 했지만 아무도 나서지 않았다. 호랑이가 마지막으로 새들을 지명했다.

"너희들은 날개가 있으니 훨훨 날아서 불을 가져와 봐라!"

새들은 그런 위험한 짓은 떠맡지 않겠다고 투덜거리다 옆에 있는 커다란 나무로 모였다.

"우리가 마음만 먹으면 훨훨 날아서 불을 찍어 올 수 있지 않을까?"

"아냐. 우리는 땅에서 걸어 다니는 짐승들과 달라. 우리가 왜 그런 위험한 짓을 도맡아?"

"조금 다르긴 하지만 우리도 짐승이 아닐까?"

"그래! 우리도 짐승이니까 짐승들 편에 서는 게 좋을 거야. 짐승들이 불을 갖게 되면 우리에게도 혜택이 있을지 몰라."

새들은 커다란 나무에서 말씨름하다 두 무리로 갈라졌다. 시시하게 사람들이 가진 모닥불을 기웃거리지 말고, 아예 해가 있는 곳까지 날아가서 해를 쪼아 오자는 무리와 해가 있는 곳까지 날아가기는 너무 머니까 사람들이 깜빡 졸 때 모닥불을 훔치자는 무리로 나뉘었다.

거기에는 박쥐가 많은 역할을 했다. 박쥐는 쓸데없이 끼어들어서 새들이 갈라지게 부채질을 했다. 새들을 지나치게 부추겨서 헛된 꿈에 빠지게 하거나, 거짓말을 퍼트려서 새들을 위태롭게 했다. 박쥐가 갈피를 잡지 못하고 까부르는 것은 가진 생김새 때문이기도 했다. 박쥐는 자신의 어깨에 달린 날개 아닌 날개 때문에 우쭐대기도 해서 많은 오해를 불러일으켰다. 어느 때는 짐승이 되기도 하고, 어느 때는 새가 되기도 해서 모두 의심의 눈초리를 거두지 않았다.

심지어 새도 짐승도 아닌 구박 덩이가 되기도 했다. 박쥐는 어떻게 해서라도 살아남아야 한다는 생각으로 간에 붙기도 하고 쓸개에 붙기도 했다.

해를 쪼아 오려는 새들은 힘찬 날갯짓과 더불어 소용돌이를 일으키며 멀리 날아갔고, 사람들의 모닥불을 훔치려는 새들은 반대쪽으로 날아갔다. 그러나 아무도 짐승들에게 불을 찍어다 주지 않았다. 해를 향해서 날아갔던 새들은 소식이 없었다. 애초부터 박쥐 때문에 무리한 계획이었다고 뉘우쳤지만 돌이키지 못했다. 무리의 대장들이 결정하면 체면 때문에 좀처럼 바뀌지 않았다. 누구는 너무 멀어서 언제 돌아올지도 모른다고 하고, 누구는 너무 뜨거운 해를 향해서 가까이 날아가서 날개가 다 타버렸다는 소문이 돌기도 했다. 아주 오래전에도 비슷한 일이 벌어졌다는 얘기가 있었다.

사람들의 모닥불을 훔치려고 떠났던 새들도 소식이 감감했다. 무턱대고 모닥불에 접근한다는 건 매우 위험한 일임을 깨달았다. 불길이 위로 치솟기 때문에 새들의 날개가 타버릴 수 있었다. 짐승들에게 체면을 세우지 못하게 된 새들은 수군수군 회의를 연 다음에 애초의 계획을 바꿔버렸다.

"우리는 짐승들처럼 밤에 다니지 않고, 사람들처럼 밝은 대낮에만 날아다닐 것이다."

새들은 어디론가 뿔뿔이 흩어졌다. 땅에 걸어 다니는 짐승들과는 상대하지 않기로 한 것이다. 그다음부터 새들은 짐승들의 회의에 참석하지 않았다.

짐승들은 사람들이 어떻게 불을 갖게 되었는지 실마리를 찾기로 했다. 그때, 너구리가 나서서 자신들이 오래전에 훔쳐본 장면을 얘기했다.

"사람들이 떼거리로 다니며 사냥을 하지만, 우리 너구리도 식구들끼리 뭉쳐 다니며 사냥을 합니다. 우리 너구리들이 동굴에 모여 있는 사람들의 모습을 훔쳐보면서 기회를 엿보고 있는데, 사람들이 나뭇가지를 쌓아놓고 엎드려서 입김을 후후 불어 넣으니까, 연기가 모락모락 피어오르더니 불길이 활활 타올랐습니다. 사람들은 뜨거운 해를 삼키고 있다가 입으로 토해내는 것이 아닐까요? 틀림없습지요."

짐승들은 너구리의 증언이 그럴싸하게 느껴졌다. 이보다 더 생생한 증언이 또 있으랴. 사람들이 어떻게 불을 갖게 되었는지 비로소 알게 된 것이다. 그러나 짐승들은 '우리가 어떻게 해를 삼키지' 하는 근심에 휩싸였다. 서로 얼굴을 바라보며 웅성거렸다.

이때, 호랑이가 우렁차게 나섰다.

"우리도 해를 삼킵시다. 하찮은 사람들도 하는데 우리가 못 할 게 뭐야."

여우가 눈치를 살피면서 끼어들었다.

"내가 모닥불 가까이 가서 자세히 살펴봤습니다. 우리 짐승들은 해를 삼킬 수 없습니다. 삼켜서도 안 됩니다. 해를 삼킨 사람들은 우리가 가진 털가죽이 다 타버리고 맨살만 남았습니다. 우리 짐승들에게 털가죽이 없으면 큰일 납니다. 가시덤불에 찔리고 눈보라에 얼어 죽게 됩니다. 함부로 나댈 일이 아닙니다."

여우가 직접 보고 느낀 점을 생생하게 알려주자, 모두 맞는 말이라고 고개를 주억거리면서 한마디씩 했다.

"맞아! 불보다도 털가죽이 더 중하지!"

보다 못한 사슴이 다른 제안을 했다. 해를 삼키는 건 너무 위험하니까 다른 걸 해보자는 얘기였다.

"우리도 사람들처럼 불로 안전하게 밤을 보낼 수 있으면 좋지만 그게 위험하다니까, 밤에 우리의 등불이 되어줄 수 있는 달을 삼킵시다."

사슴의 새로운 제안에 짐승들의 마음이 쏠렸다. 달은 뜨겁지 않아서 위험하지도 않고, 밤에 등불이 되어준다면 짐승들에게 큰 도움이 될 거라고 믿었다.

짐승들은 다시 모여서 길고 긴 회의를 열었다. 해는 너무 위험해서 포기하고 사슴의 제안을 받아들여 달을 삼키기로 했다. 짐승들은 주위에서 가장 높은 산꼭대기에 모이기로 했다. 그러나 사슴이 나서서 단서를 달았다.

"우리 풀만먹는짐승들은 고기먹는짐승들과 절대 한자리에 모일 수 없다. 우리에게 무슨 해코지를 할지 모른다. 고기먹는짐승들은 풀만먹는짐승들을 보면 사족을 못 쓰고 덤비지 않느냐?"

급작스러운 사슴의 반대에 풀만먹는짐승들은 모두 동의했다. 하마터면 큰일 날 뻔했다는 탄식도 터졌다. 풀만먹는짐승들은 산꼭대기 제단에서 기도하자는 제안에 무슨 음모가 있을지도 모른다고 수군거렸다. 풀만먹는짐승들이 고기먹는짐승들을 의심하기 시작하자, 더는 회의가 진행되지 않았다. 고기먹는짐승들이 자신들의 순수한 마음을 의심한다고 화를 내기까지 했으나, 한번 틀어진 분위기를 되돌리진 못했다.

짐승들은 사람들처럼 불을 갖고 싶었지만, 너무 위험해서 해
가 아닌 달로 마음을 돌렸다. 그러나 이마저 큰 어려움에 부닥친
것이다. 한번 분위기가 틀어졌다고 뿔뿔이 흩어지기에는 모두에
게 아쉬움이 남았다. 아니, 어쩌면 훨씬 간절한 상태였다. 사람들
처럼 해를 갖든지 달을 갖든지, 둘 중 하나는 가져야 하는 처지에
몰린 것이다. 짐승들의 회의는 계속되었으나 아무런 결론에 이르
지 못하고 시간만 허비했다. 온종일 짐승들끼리 다투기만 하고 결
론을 내지 못하자 토끼가 깜짝 다른 의견을 내놓았다.

"여럿이 이렇게 떠들고 시간을 보내다가는 다른 위험이 생길
지 모른다. 고기먹는짐승들과 풀만먹는짐승들의 대표 하나씩 뽑
아서 진지하게 협상을 해봅시다?"

짐승들은 토끼의 제안에 솔깃했다. 언제 끝날지도 모르는 회
의를 계속할 수 없었기 때문이었다. 서로 지치기도 했다. 토끼의
제안대로 고기먹는짐승들과 풀만먹는짐승들은 끼리끼리 둥그렇
게 모여서 자신들의 대표를 뽑는 회의를 열었다.

풀만먹는짐승들은 고기먹는짐승들 대표로 누가 나올지가 더
큰 관심거리였다. 호랑이나 늑대 같은 우악스러운 짐승은 절대 받
아들일 수 없다고 통보했다. 풀만먹는짐승들은 그들이 쳐다보는

것만으로도 오금이 저렸다. 그들의 눈빛은 살기로 가득했다.

그래서 풀만먹는짐승들은 고기먹는짐승들 중에서 하나를 지명하기로 했다.

풀만먹는짐승들끼리도 서로 의견이 엇갈려서 오랫동안 입씨름이 벌어졌으나, 약간 어눌하고 재빠르지 못한 오소리를 고기먹는짐승들의 대표로 뽑아달라고 요청했다. 고기먹는짐승들은 탐탁지 않는 제안을 거절하려 했으나, 협상이 깨질 것 같아서 마지못해 받아들였다.

고기먹는짐승들 중에서는 별로 힘을 쓰지 못하는 오소리는 우리의 대표가 될 수 없다고 반대하는 목소리가 컸으나, 풀만먹는짐승들의 요청이 워낙 거센 데다, 여차하면 풀만먹는짐승들이 모두 도망칠 태세여서 울며 겨자 먹기로 받아들였다.

풀만먹는짐승들의 대표를 뽑기도 쉽지 않았다. 맨 처음, 멧돼지가 스스로 대표가 되겠다고 나섰으나, 풀만먹는짐승들은 탐탁지 않게 여겼다. 멧돼지는 앞뒤 가리지 않고 들이받는 짐승으로 찍혀 있었다. 멧돼지는 협상을 그르칠 수 있어서 협상대표로 마땅치 않다고 웅성거렸다.

누군가 사슴을 대표로 추천했으나 모두 고개를 갸우뚱거렸다. 사슴은 너무 착해서 협상대표로는 맞지 않는다고 반대했다. 사슴은 겁이 많고 몸이 빨라서, 위험이 닥치면 혼자만 재빨리 도망칠

지도 모른다는 우려도 한몫했다. 모두 사슴의 눈을 들여다보고 의심의 눈초리를 거두지 않았다.

여러 의견이 엇갈리다가 누군가 당나귀를 추천했다.

"당나귀는 사슴처럼 착하기만 한 것도 아니고, 멧돼지처럼 저돌적이지도 않습니다. 고기먹는짐승들이 덤벼들면 발차기를 할 수 있는 발굽이 있고, 꾀를 내서 고기먹는짐승들을 잘 구스를 수 있을 겁니다."

풀만먹는짐승들의 눈이 일제히 당나귀에게 쏠렸다. 우리가 왜 당나귀를 잊고 있었지 하며, 풀만먹는짐승들은 당나귀를 자신들의 협상대표로 내세웠다. 모두가 만족스러운 얼굴로 당나귀에게 박수갈채를 보냈다.

양쪽 대표로 뽑힌 오소리와 당나귀는 회의 장소를 찾았다. 오소리는 나무가 많은 조용한 숲속을 원했으나 당나귀는 동의하지 않았다. 만일의 경우를 생각해서 숲속이 아닌 넓은 풀밭에서 만나자고 했다. 당나귀는 위험이 닥치면 재빨리 도망쳐야 한다고 생각했다.

이번에도 풀만먹는짐승들의 요청이 받아들여져서 넓은 풀밭에서 만났다. 양쪽 대표는 어디서 만나서 기도를 올릴 것인지에 대해서 의견을 모으기로 했다. 그건 쉽게 합의가 되었다. 누가 먼저랄 것도 없이 사람들이 쓰다 버린 산꼭대기 제단을 달님에게 기도드리는 장소로 선택했다. 달님에게 가까이 가야 하기 때문이었다.

거기에 대해서 누구도 이의를 달지 않았다. 그러나 거기에는 또 다른 문제가 도사리고 있었다. 산꼭대기가 기도 장소로는 제격이었으나, 풀만먹는짐승들은 아무런 가림막이 없는 곳에 고기먹는짐승들과 어깨를 나란히 하고 싶지 않았다. 풀만먹는짐승들은 자나 깨나 고기먹는짐승들을 경계하지 않을 수 없었다.

그래서 당나귀는 고기먹는짐승들은 산 아래에서 기도하고, 풀만먹는짐승들은 산 위에서 기도하자고 제안했지만, 오소리는 불공평하다고 거절했다. 고기먹는짐승들이 절대 받아들이지 않을 것이라고 주장했다.

기도는 모두 평등한 입장에서 간절한 마음으로 해야 달님의 마음을 움직일 수 있을 것이라는 오소리의 의견에 당나귀도 동의해야 했다. 그렇지만 당나귀는 고기먹는짐승들과 나란히 서고 싶지 않은 풀만먹는짐승들의 입장을 우선 헤아려야 했다.

오소리와 당나귀는 오랫동안 입씨름을 하며 머리를 싸맸지만, 별다른 수가 보이지 않았다. 꾀많은당나귀는 한 가지 뾰족한 수가 있었지만, 내숭을 떨며 오소리를 떠보기로 했다.

"모든 짐승이 한자리에 모여서 기도하기는 어려울 것이다."

오소리가 당나귀의 말에 고개를 갸웃거렸다.

"왜? 처음부터 함께 모여서 기도하기로 했잖아?"

오소리가 이의를 제기하자 당나귀도 거기에는 어깃장을 놓을 수 없었다.

그러나 당나귀는 다른 문제를 꺼냈다.

"우리가 모여서 기도하는 것도 좋지만, 하루 이틀 기도한다고 달님이 널름 그 기도를 들어주지 않을 테고, 허구한 날, 몇 달 몇 해를 매달려야 하는데……."

당나귀가 한숨을 쉬며 말을 맺지 못하자 오소리가 궁금해서 채근했다.

"얘기해 봐! 자세히 얘기해야 알아듣지?"

당나귀는 오소리의 관심을 한껏 높인 다음 보따리를 슬슬 풀었다.

"오랫동안 기도를 해야 하잖아?"

"그럼, 그렇지!"

"그러려면 밥도 먹도 잠도 자야잖아?"

"당연하지!"

"그럼, 이렇게 하자!"

"어떻게?"

"교대로!"

"교대로?"

"그래! 교대로 하루걸러 한 번씩 기도하자. 니들이랑 우리랑 교대로 기도하자. 서로 밥도 먹고 잠도 자야 하니까!"

오소리는 당나귀의 꾀를 감당하지 못했다. 그래도 오소리는 공평하고 안전한 기도회가 되리라고 생각했다. 그에게 더 좋은 생각은 떠오르지 않았다.

오소리와 당나귀는 협상 결과를 갖고 자신들의 진영으로 달려갔다. 풀만먹는짐승들은 당나귀의 대책에 만족해서 환호성을 질렀다. 그러나 고기먹는짐승들은 오소리의 협상안이 내키지 않았다. 화를 낼 수도 없고 받아들일 수도 없는 애매한 처지에 빠졌다. 오소리가 꾀많은당나귀에게 당했다고 느꼈지만 걷어찰 수도 없는 노릇이었다. 고기먹는짐승들은 뭔가 떨떠름했지만, 다른 수가 보이지 않아서 씁쓸하게 받아들였다.

그다음에, 오소리에 대한 이상한 소문이 돌기도 했다. 오소리는 서투른 협상을 했다고 혼쭐이 나고부터 어두운 땅굴에 처박혀서 좀처럼 모습을 볼 수 없게 되었다.

산꼭대기에는 사람들이 쓰던 제단이 있었다. 사람들은 짐승들을 잡아서 제단에 바쳤다. 그러나 짐승들은 제단에 바칠 제물이 없었다. 짐승 중에서 누군가를 죽여서 제단에 바치는 것은 짐승다운 짓이 아니라고 생각했다. 사람들을 잡아다 제단에 바쳐야 하는데, 사람들은 모닥불을 갖고 있어서 잡을 수가 없게 되었다. 오랜

고민 끝에, 오직 마음속에 우러나는 정성만으로 기도를 올리기로
했다.

아무것도 보이지 않는 그믐 때였다.

짐승들은 밤마다 모여서 간절하게 기도를 올렸다.

초승달이 떠오르고, 상현달이 되었다.

짐승들은 또, 보름달이 될 때까지 오래도록 기도했다.

너무 간절하게 기도하다 보니까, 짐승들은 각자의 목소리로
울부짖기 시작했다.

고기먹는짐승들이 먼저 울부짖기 시작했다.

호랑이는 어흥,

늑대는 오우,

여우는 캥캥,

너구리는 웡웡,

오소리는 흠흠,

다음 날에는 풀만먹는짐승들이 모여서 저마다 다른 소리로 울
부짖었다.

당나귀는 히이잉,

멧돼지는 꿀꿀,

사슴과 고라니는 프릉프릉 콧방귀,

토끼와 쥐는 찍찍,

고슴도치는 콧구멍만 벌름벌름,

반딧불이는 더듬이만 휘휘 내저었다.

"낮에는 새들이 우리 식구들을 마구 쪼아 먹기 때문에 우리에게도 밤에 다닐 수 있는 등불이 필요합니다."

어느 구석에 있는지도 몰랐던 반딧불이가 사슴뿔에 올라서 고개를 들고 호소했다. 자기들은 등불 딱 한 개만 필요하다고 소박하게 말해서 짐승들은 모두 고개를 끄덕였다.

다시, 초승달이 상현달이 되고 보름달이 되었다.

보름달은 하현달이 되고 그믐이 되었다.

짐승들의 간절한 기도에 달님의 마음이 움직였다.

그래, 너희들에게 등불을 주마!

달님은 빛나는 달 한쪽 귀퉁이를 조금씩 떼어 동그란 구슬을 만든 다음 짐승들에게 던지기 시작했다. 짐승들은 달님이 던지는 반짝이는 구슬을 널름널름 삼켰다. 욕심을 내지 않고 두 눈에 하나씩 달고 다닐 수 있도록 두 개만 삼켰다. 모두 두 개씩 삼키고 마지막 한 개를 반딧불이가 받아서 꽁무니에 달았다.

지금도 보름달 얼굴에는 짐승들에게 등불이 되도록 떼어준 자리가 옴폭옴폭 패인 곰보 자국으로 보인다. 짐승들은 이제 밤이 두렵지 않았다. 짐승들은 사람들처럼 불을 가질 수 없지만, 두 눈에 반짝이는 등불을 달고 밤에도 마음대로 산과 들을 다닐 수 있게 되었다.

등불의 나라

불을 가진 사람들은 불을 밝힌 도시에 살고, 등불을 가진 짐승들은 산에 살게 되었다.

천년동굴

아직 어스름한 새벽이었다. 농장을 탈출한 등불의 나라 백성들인 유기견들의 생애에 가장 긴박한 시간이기도 했다. 푸들과 허스키 무리는 서둘러 달아나야만 했다.

"근데 우리 어디로 가지?"

누군가 근심 어린 표정으로 말했다. 그들 앞에는 난생처음 보는 산하와 마을이 나타났다. 전국 방방곡곡에서 끌려온 유기견들은 여기가 어디쯤이고 어디로 가야 할지 가늠이 되지 않았다. 자신들이 태어난 고향도 모르고, 어미에게 충분한 보살핌도 받지 못한 유기견들은 스스로 정체성을 갖지 못했다. 터무니가 없어서 오롯이 자신의 몫을 감당하지 못하고 허둥댔다. 길바닥에 구르는 돌처럼 발길에 차이는 대로 내팽개쳐진 존재였다.

"농장주가 쫓아올 거야. 빨리 달아나야 해."

허스키는 겁을 먹고 있었지만, 푸들의 선동으로 앞에 나설 수밖에 없었다. 모두 그를 뒤따랐다. 오합지졸이라 순위나 서열도 없이 들쭉날쭉 달렸다. 한참을 달리다 보니 작은 마을이 나타났다. 거기가 수랑골이었다. 그 동네는 차령산맥이 지나가는 줄기여서 올망졸망한 산으로 둘러싸여 있었다. 아직 이른 새벽이라 사람은 보이지 않았다. 허스키는 마을을 지나서 야산으로 우선 피신하기로 했다.

고샅을 빠져나가려고 우르르 몰려가는데, 그들 앞에 개 한 마리가 나타나서 앞을 가로막고 으르렁거렸다. 여기는 절대 지나갈 수 없다고 거들먹거리고 있었다. 허스키 뒤로는 불도그, 달마티안, 도사견 같은 종자들이 대열을 이루고 있었다. 그래도 그 개는 전혀 주눅이 들지 않았다. 오히려 당당하게 고샅을 막아서 시위를 했다. 체구는 별로 크지 않았지만 다부진 몸매를 자랑했다. 불도그의 험상궂음에도 전혀 기죽지 않았다. 오랫동안 개농장에서 갇혀 지내서 행동거지가 굼떠 보이는 무리를 보고, 그 개는 오히려 기세가 등등했다. 컹컹 짖어대며 을러댔다. 일당백이라도 자신 있다는 투로 으름장을 놓았다. 그 개는 꼬리를 높이 치켜들고 살랑살랑 흔들고 나부대면서 길을 막아섰다. 골목 패거리가 허리에 양손을 걸치고 다리를 까딱거리는 자세였다. 가뜩이나 주눅이 든 유기견들은 꼬리를 늘어트리거나, 아예 사타구니에 감고 눈치를 살폈다.

빨리 도망쳐야 하는데…….

"웬 놈들이 남의 동네에 함부로 나대냐. 어째 젖비린내가 나네."

유기견들은 젖비린내라는 말에 덜컹 가슴이 내려앉았다. 자신들은 사실 어미젖도 제대로 먹지 못하고 산지사방으로 팔렸다가 끌려온 유기견들이었다. 두 달 동안은 어미젖을 먹어야 면역력도 키우고 건강하게 자랄 수 있는데, 애호가들이 어린 강아지를 원한다는 이유로 강제로 젖을 떼어내 팔아버린 것이다. 심지어 어떤 인간들은 눈도 뜨지 못한 하룻강아지를 원하기도 했다. 강아지들은 두 주는 돼야 겨우 눈을 뜰 수 있는데도 말이다.

이상한 취향으로 애완견을 사는 인간들 못지않게 번식장 주인도 심하게 바이러스에 감염되어 있었다. 어미의 건강은 아랑곳하지 않고 개들의 목숨을 쥐락펴락했다. 의료시설도 제대로 갖추지 않고 자격증도 없는 인간들이 강아지를 성급하게 생산하기 위해서 함부로 제왕절개 수술을 했다. 그들은 강아지를 빨리 팔아먹고, 어미에게 다시 임신시키려고 발정제 주사를 놓았다. 어미는 자신의 새끼를 한 번 보듬지도 못하고 거듭해서 강아지를 생산했다.

동물보호법상 매매 하한선인 2개월령이 지켜지지 않은 채 너무 어린 강아지들이 판매되고 있었다. 동물도 사람과 사뭇 다르지 않다. 모체와 함께 지내며 충분히 면역력을 키워야 하는 것은 생물학적 건강은 물론 정서적 안정도 유지하는 필수적인 과정이다. 동물의 주인이면, 수의사가 아니더라도 직접 진료할 수 있도록 허용한 자가 진료 조항을 악용했다. 수의학적 지식이 없는 비전문가의 약물 사용과 수술이 어미의 건강을 위협했다.

파보바이러스 감염증 등 전염병으로 분양받은 강아지가 시름시름 앓다 죽어가는 사례도 종종 있다. 판매용으로 반려견이 모이는 판매업소나 경매장에서 수의사가 나이나 건강 상태를 점검하고 보증해야 하는데 그런 배려는 전혀 없었다.

번식장이 운영되고 있는 건축물도 거의 불법이다. 불법 영역에 있는 번식장은 행정지도도 거의 없고 단속하지도 않는다. 또 번식장 업주들은 신고해야 한다는 사실을 몰랐다고 주장한다. 그들은 자기들끼리 네트워킹이 다 되어 있다. 인터넷을 활용해 판매하는 업자들은 이미 정보력이 있는 이들이다.

수랑골에서, 누렁이의 일갈에 오히려 무리의 앞에 섰던 유기견들도 모두 주눅이 들었다. 뜬장에 오래 갇혀 있던 몸이라 왠지 자신감이 없었다. 푸들이 다가와서 머뭇거리는 허스키를 다그쳤다.

"저딴 애한테 겁 먹지 마."

허스키는 무리의 앞잡이로 책임감을 느꼈다. 허스키가 앞으로 나섰다.

"우리는 개농장에서 탈출한 불쌍한 개들이다. 이 동네에 폐를 끼치려는 게 아니라, 이 길을 지나서 산으로 도망치려는 것이다. 길을 비켜라."

"개농장? 너희들 꼬락서니가 딱하네."

허스키의 사연을 들은 누렁이의 기세가 약간 누그러지며 분위기가 바뀌었다.

"사실은 나도 너희랑 비슷해."

"?????……"

"나도 집도 절도 없어. 나는 이 동네 할머니랑 살았는데 얼마 전에 요양원으로 가셨어. 돌아가시지도 않았는데 벌써 집이 팔렸대. 새로운 집 주인은 나 같은 똥개는 필요 없다고 발로 걷어차는 거야. 나도 오갈 데 없는 비렁뱅이야."

그 개의 얘기를 듣고 허스키 무리는 모두 연민을 느꼈다. 허스키가 긴급 제안을 했다.

"우리와 함께 가자!"

그 개가 망설임 없이 동의했다.

"우선 내 소개부터 할게. 나를 똥개라고 하지만 이렇게 당당하고 건강해. 앞으로 나를 누렁이라고 불러줘. 나를 아끼던 할머니가 부르던 이름이라 그냥…… 조금 촌스럽지만 말이야. 이 동네에서 백 리 안팎을 죄다 꿰고 있으니까 내가 길을 안내할게. 알았지? 그럼 가자."

누렁이는 적진을 향해 내닫는 돌격대장처럼 달려나갔다. 허스키 일당은 주저 없이 누렁이를 따라 동네 고샅을 빠져나가 산으로 달렸다. 허스키와 누렁이는 맨 앞에서 나란히 달렸다. 허스키는 누렁이의 안내를 받으면서 안정을 되찾았지만 다른 생각에 빠질 틈이 없었다. 농장주의 추격대가 언제 쫓아올지 모른다는 조바심에 혀를 빼물고 숨이 턱에 차도록 달렸다.

작은 야산을 여러 개 지나고 제법 큰 도로 밑으로 수로를 지나자 큰 산이 보였다. 그 산은 근방에서 가장 높고 우람한 운주산이었다. 전설 같은 주류산성이 둘러싸고 있는 산이었다. 누렁이는 운주산 으슥한 계곡으로 친구들을 이끌었다. 그 계곡 바위 밑에 제법 큰 동굴이 있었다. 천년동굴이라고 했다. 백제 부흥군들이 숨었다는 전설이 내려오는 곳이다. 식구들이 모두 기거하기에 충분한 공간이었다. 눈비는 물론 추위를 피할 수도 있는 아늑한 동굴이었다.

그들은 모두 숨이 차서 동굴 바닥에 널브러져서 숨을 골랐다. 동굴 아래로 물이 졸졸 흐르고 있어서 목이 마른 친구들은 청정수를 실컷 마실 수 있었다.

"드디어, 우리는 자유를 얻었다."

허스키가 감격해서 짖어댔다. 동료들이 모두 꼬리를 살랑살랑 흔들어서 공감을 표시했다. 안간힘을 써서 개농장을 탈출한 그들은 다음 날까지 모두 잠에 곯아떨어졌다.

그러나 누렁이는 잠들지 못하고 뒤척거리며 긴 회상에 잠겼다. 갑자기 너무 많은 식구가 생겨서 부담스러웠다. 누렁이는 금슬 좋은 할머니, 할아버지와 함께 살았었다. 그런데 농사를 짓던 할아버지가 일찍 돌아가셨다. 할머니는 할 수 없이 혼자 농사일을 시작했다. 할머니는 질빵을 지고 가파른 고개를 오르는 운명에 처했다. 그런데 어느 날, 서산에 해가 지고 날이 어두워졌는데도 할머니가 집에 돌아오지 않았다. 할머니는 날이 저무는 줄도 모르고 허리가 굽도록 김을 매고 있었다. 그러나 아무도 할머니가 집에 돌아오지 않은 걸 알지 못했다. 다만 마당에 묶여 있는 누렁이가 몸부림치며 마구 짖어댔다. 그뿐만 아니라, 누렁이는 목줄이 끊어지도록 잡아당기면서 몸부림쳤다. 누렁이는 목줄에 걸려 뒹굴면서 짖어댔다. 마치 올가미에 걸린 짐승처럼 발버둥을 쳤다.

"웬 난리여."

그때, 옆집 아저씨가 누렁이의 울부짖음을 듣고 담 너머로 내다봤다. 누렁이는 아저씨를 반기며 꼬리를 흔들면서 여전히 목줄이 끊어지도록 뛰어오르며 법석을 피웠다. 그러나 아저씨는 누렁이의 절박한 호소를 눈치채지 못했다. 아저씨는 할머니를 불러보았다. 그러나 아무런 대꾸도 없었다.

곤하게 잠이 드셨나?

아저씨는 혹시 할머니가 마실이라도 가셨는지 찾아보려고 마을 고샅으로 발걸음을 옮겼다. 누렁이는 더욱 몸이 달아 뛰어올랐다. 누렁이의 거친 몸부림으로 마당에 박힌 말뚝이 쓰러지면서 누렁이가 풀려났다. 누렁이는 목줄을 끌면서 할머니를 향해 쏜살같이 달려갔다.

할머니는 밭에서 온종일 일을 하느라 몹시 지친 상태였다. 할아버지 없이 농사를 짓는다는 게 얼마나 힘든지 절실하게 느꼈다. 먼저 저세상으로 간 할아버지와 자신의 처지가 불쌍해서 눈물이 났다. 그래서 할머니는 날이 저무는지도 모르고 일을 했다. 할머니는 허리를 펴고 일어서다가 머리가 핑 돌면서 쓰러지고 말았다. 얼마 뒤에 깨어난 할머니는 어디가 어딘지 분간을 할 수 없었다. 날은 이미 저물어 있었다. 그런데 어디서 희미한 불빛이 일렁였다. 할머니는 그 불빛을 따라 걷기 시작했다. 할머니는 그 불빛을 따라가면 집에 갈 수 있다고 믿었다. 그러나 그 불빛은 할머니의 집이 아닌 다른 쪽으로 가고 있었다. 거기는 커다란 둠벙이 있는 곳이었다. 그 둠벙에 도깨비가 살고 있다는 소문이 파다했다. 그뿐만 아니라, 도깨비에 홀려서 그 둠벙에 사람이 여럿 빠졌다는 흉흉한 소문도 돌았다. 그래서 마을 사람들은 그 둠벙에 가는 걸 꺼렸다. 더군다나 밤에는 얼씬조차 하지 않았다. 할머니는 자신도 모르게 그 둠벙을 향해 가고 있었다. 도깨비에 홀려서 제정신이 아니었다. 몇 발짝만 걸으면 둠벙에 닿게 되었다. 둠벙은 물이 깊었다.

그 둠벙은 할아버지가 농사를 짓기 위해 생전에 마련한 저수

지였다. 야산 밑에 붙어 있는 논두렁에서 늘 물이 흘러나왔다. 그래서 그 마을을 수랑골이라고 불렀다. 사방이 산으로 둘러싸여서 수렁이 많았다. 할아버지는 가뭄에 대비해서 둠벙을 파기 시작했다. 삽으로 흙을 파내서 둠벙을 만드는 건 매우 고된 작업이었다. 그러나 할아버지는 논에 꼭 필요한 물을 가두기 위해서 고단한 일을 마다하지 않았다. 그렇게 만든 둠벙은 농사에 아주 유용했다. 그 둠벙은 늘 물이 마르지 않았다. 아무리 심한 가뭄이 들어도 걱정이 없을뿐더러 장마철에는 물을 빼내는 배수로 역할도 했다. 그러나 그 뒤로 할아버지는 몸이 쇠약해졌다. 둠벙을 파다가 골병이 든 것이다. 할아버지는 시름시름 앓다가 돌아가셨다.

할머니는 너무 애통해서 그 둠벙에 가지 않았다. 그런데 할머니가 그 둠벙으로 가까이 다가가고 있었다. 둠벙 한가운데서 도깨비불이 일렁거렸다. 할머니는 그 도깨비불에서 할아버지의 얼굴을 보았다. 한 번 빠지면 도깨비가 발목을 잡아당겨서 다시 나올 수 없다고 했다. 도깨비불은 둠벙 한가운데서 할아버지의 얼굴과 함께 일렁거렸다.

그때, 집에서 달려온 누렁이가 할머니의 바짓가랑이를 물고 늘어졌다. 할머니가 걸음을 멈췄다. 누렁이는 할머니의 바짓가랑이가 찢어지도록 물고 늘어졌다. 할머니는 누렁이를 보고 그제야 제정신이 들었다. 할머니가 돌아서서 누렁이를 쓰다듬었다. 누렁이가 꼬리를 흔들면서 컹컹 짖었다. 할머니는 누렁이를 보고 자기가 집으로 가지 않고 둠벙으로 온 것을 깨달았다.

"누렁아, 고맙다. 너 아녔으면 일 났겄다. 목줄을 질질 끌구 왔네. 아이, 가엾어라. 어여 집으루 하냥 가자."

할머니의 말을 들은 누렁이는 반가워서 꼬리를 크게 흔들었다. 밤이 아주 깊어서 앞이 보이지 않았다. 그러나 등불의 나라 백성인 누렁이는 훤히 길을 내다보고 걸었다. 누렁이는 앞장서서 할머니를 인도했다. 할머니는 누렁이가 가는 대로 따라갔다. 누렁이는 앞서 가면서 할머니가 잘 따라오는지 가끔 뒤를 돌아보기도 했다.

할머니는 누렁이 덕분에 둠벙에 빠지지 않고 목숨을 건졌다. 그때부터 누렁이는 목줄에 묶이지 않았다. 누렁이가 할아버지를 대신해서 식구가 되었다. 할머니는 누렁이가 방으로 들어와서 함께 살기를 원했으나 누렁이는 그렇게 하지 않았다. 다만 할머니 방 앞 가까이에서 자고 먹는 것으로 만족했다. 할머니가 밭에 가서 일하면 그 곁을 지키고, 마실 가면 가는 곳마다 졸졸 따라다녔다. 할머니와 누렁이는 둘도 없는 단짝이 되었다. 누렁이는 그때부터 자유롭게 지낼 수 있었다. 누렁이는 틈틈이 마을을 돌아다녔다. 누렁이는 그동안 마을이 어떻게 생기고 어디에 뭐가 있는지 몰랐다.

그런데 할머니의 거동이 심상치 않았다. 좀처럼 나들이를 하지 않던 할머니가 구급차에 실려 가는 일이 가끔 생기더니, 아예 돌아오지 않는 날이 많아졌다. 병원에 입원해서 집에 돌아오지 못했다. 누렁이는 읍내 병원으로 달려갔지만, 그 안으로 들어갈 수는 없었다. 누렁이는 병원을 빙빙 돌며 하염없이 기다렸지만, 할머니를 볼 수 없었다. 그때부터 누렁이는 외로움을 이겨내려고 동네방네 산지사방을 돌아다녔다. 마을에는 예전의 자신처럼 마당에 묶여 있는 친구들이 많았다. 친구가 여럿 생긴 것이다. 그러나 그 친구들과 함께 살 수는 없었다. 그 집 주인이 누렁이를 꺼렸다. 그래서 누렁이는 본의 아니게 떠돌이가 되었다. 누렁이는 떠돌다가 가끔 집에 들렀지만, 할머니를 볼 수 없었다. 할머니는 끝내 돌아오지 않았다. 그래도 언젠가는 할머니가 돌아올 거라고 믿고 집 근처에 머물면서 기다렸다.

누렁이는 마을에 묶여 있는 친구들을 찾아다니거나 산과 들로 쏘다니며 외로움을 달랬다. 거기에는 흥미로운 것들이 많았다. 논두렁에서 꿩이 프드득 날아올랐는데, 어디선가 새매가 나타나서 꿩을 뒤쫓았다. 그 꿩은 꼬리와 깃털 빛깔이 알록달록한 장끼였다. 새매는 날쌔게 장끼를 따라잡았다. 장끼는 자지러지는 비명을 내지르며 숲으로 도망쳤다. 새매도 그 뒤를 바짝 뒤쫓았다. 종이비행기 두 대가 나란히 숲속으로 사라졌다.

풀숲에서 산토끼가 튀어나와 재빠르게 도망쳤다. 누렁이는 이런 짐승을 처음 보았다. 누렁이는 처음 보는 짐승들에게 넋을 잃었다. 그들은 누렁이보다 훨씬 재빨랐다. 누렁이는 산자락을 돌아다니면서 냄새를 맡았다. 여러 냄새가 누렁이의 코를 자극했다.

냄새는 무지개만큼이나 다채로웠다. 작은 토굴에서는 맛있는 냄새가 났다. 오목한 굴이었다. 쥐구멍은 부드러운 흙 속에 있었다. 누렁이는 쥐구멍을 발톱으로 파헤치기 시작했다. 굴을 팔수록 맛있는 냄새가 진동했다. 그런데 갑자기 쥐 한 마리가 튀어나왔다. 누렁이는 냉큼 쥐를 물었다. 쥐는 찍소리 한 번 내고 금방 죽었다. 누렁이는 물고 있는 쥐를 내려놓고 들여다봤다. 맛있는 먹거리가 이런 데 있는지 처음 알게 되었다. 사실 누렁이는 그동안 굶주렸다. 할머니가 있으면 그렇지 않았을 텐데, 아무도 누렁이에게 먹이를 주지 않았다. 친구네 집에 가서 먹다 남은 사료를 먹다가 그 집 주인에게 들키면 혼이 났다. 심지어는 돌팔매질을 당해서 똥줄이 빠지도록 도망쳤다.

허스키과 친구들이 곤하게 잠들었다가 해가 기울 때쯤에 깨어났다. 배가 고팠다. 허스키가 동료들의 표정을 살폈다. 모두 매한가지라는 얼굴로 공감을 표시했다. 허스키가 누렁이에게 다가갔다.

"누렁아, 우리에게 주택이 마련되었지만, 먹거리가 필요해. 며칠 동안 입에 풀칠도 못 했잖아."

허스키가 거리낌 없이 누렁이에게 다가가서 건의하자, 누렁이가 아주 만족해서 꼬리를 높이 세우고 좌우로 크게 흔들었다. 그럴 만도 했다. 이 동네 지리를 훤히 꿰고 있는 누렁이에게 생존을 맡길 수밖에 없게 된 것이다. 누렁이는 듬쑥하게 생각에 잠겼다. 이제부터 백여 명의 식구들을 먹여 살릴 대책이 필요했다. 누렁이가 얼른 답을 내놓지 못하자 허스키가 채근했다.

"누렁아, 그동안 동네에서 뭘 먹고 살았는지 얘기해 봐."

허스키의 추궁에 누렁이가 난처하다는 듯 멈칫거렸다.

"너무 어렵게 생각하지 말고 그동안 먹고산 경험을 살려봅시다."

허스키의 현실적인 제안에 누렁이가 기억을 되살렸다.

"말하기가 곤란한데. 우리가 살아야 하니까 할 수 없네. 사실은 도둑질했어. 고구마도 훔쳐 먹고, 닭도 몰래 잡아먹었어. 오목한 생굴에서 쥐도 파먹고."

"쥐?"

누렁이의 말이 떨어지기 무섭게 식구들이 일제히 쥐? 라고 합창을 했다. 쥐를 어떻게 먹어, 라는 의문의 표시였다. 그러자 누렁이가 당당하게 앞으로 나서서 언성을 높였다.

"너희들은 그동안 안방에만 갇혀 지내서 그래. 쥐는 우리 조상들이 즐겨 먹던 전통음식이다. 너희가 먹던 사료와는 질적으로 달라. 청정 먹거리야, 맹추들아. 그러나 쥐는 간식거리밖에 안 되니까 나중에 잡기로 하고, 깜깜해지면 마을로 슬슬 내려가보자. 배곯아 죽으라는 법은 없을 거야."

반신반의하던 식구들이 슬슬 입맛을 다시기 시작했다. 그래

맞아, 하며 맞장구를 치는 친구들도 있었다.

허스키가 가슴에 묻어둔 다짐을 내보였다.

"우리는 모두 버려졌잖아. 사람들은 우리가 필요할 때는 귀하게 여기다가 맘이 변하면 아무렇게 버렸어. 버리는 정도에 그치지 않고 도살해서 고기로 팔아넘기려 했어. 이제 우리도 정신을 차려야 해. 우리의 본성을 되찾아야 한다고. 우리는 원래 늑대야. 늑대 중에서 순한 늑대와 순한 늑대를 끊임없이 교배시켜 우리같이 순둥이를 만든 거라고. 우리는 우리의 본래 모습이 아닌 거야. 버려진 우리는 이제 우리 속에 숨겨진 뼛골을 되찾아야 해. 그 본성을 되찾아야 우리는 이 야생에서 살아남을 수 있어. 사람들은 이제 우리를 돌보지 않아."

허스키 옆에는 누렁이와 푸들이 자리 잡고 지지를 보냈다. 허스키의 열변에 감동한 개들이 일제히 목을 뽑고 길게 울음소리를 냈다. 드디어 컹컹 짖어대던 개에서 늑대로 돌아가는 첫걸음을 떼려 했다. 늑대의 하울링을 하려고 애를 썼다.

이름도 바꾸기로 했다. 사람들에게 버림받았다는 유기견에서 우리 맘대로 살기로 다짐하고 스스로 왈패라고 이름 지었다. 모두 멋진 이름이라고 반기며 목을 길게 빼고 하울링을 했다. 그러나 하울링은 제대로 나오지 않았다. 아직 어설퍼서 하울링을 하다가 제대로 목소리가 나오지 않자 컹컹 짖어대는 친구들이 많았다.

누렁이와 허스키는 식구들 모두에게 다가가 코를 맞추고 볼을 비비고, 샅의 냄새를 맡아서 서로의 명함을 주고받았다. 절대 잃어버리지 않을 진정한 식구가 되기로 한 것이다.

마을로 슬슬 내려온 왈패들은 탐색에 들어갔다. 백여 마리의 개들이 고샅에 들어서자 서너 집 건너 한 마리씩 묶여 있는 개들이 컹컹 짖어서 안보에 문제가 생길 것 같았다. 동네 사람들이 몽둥이를 들고 나오면 누군가 희생을 당할지도 모르는 일이었다. 누렁이의 제안으로 왈패들은 일행을 이끌고 마을 외곽으로 후퇴했다. 작전이 필요했다. 누렁이가 바윗돌 위에 올라섰다.

"여럿이 하냥 몰려다니면 위험해. 우르르 몰려다닌다고 대뜸 뭐가 잡히는 것도 아니고. 오히려 골칫거리가 생길 수도 있어. 사냥 조를 짜서 다녀보자."

왈패들은 누렁이의 견해에 기꺼이 동의했다. 허스키, 플롯하운드, 불도그, 셰퍼드, 달마티안, 보더콜리, 도사견, 불테리어, 그레이하운드 같은 우람하고 날렵한 왈패들만 사냥에 나서기로 했다. 사실 식용으로 개농장에 팔린 개들은 체격이 모두 우람했지만, 사냥에 나설 만한 용기 있는 친구들을 우선 선발한 것이다. 사냥한 음식은 골고루 나누기로 하는 법도 제정했다.

사냥팀으로 선발된 왈패들은 마을 고샅에 접어들었다. 시골집들은 대문이 허술했다. 대문이 있다고 해도 열려 있거나 개구멍은 얼마든지 있었다. 이런 시골에는 전업으로 닭을 기르는 게 아니고, 달걀이나 조금 빼 먹을 셈으로 몇 마리 정도 닭을 키우기 때문에 닭장은 허술했다. 낮에는 마당이나 고샅에 돌아다니다가 밤에는 허술한 헛간 비슷한 닭장에서 홰를 타고 잠을 잤다. 왈패들이 뛰어오르면 금방 입에 닿을 높이였다. 누렁이는 급소를 물어서 소리가 나지 않게 즉사시키도록 지시했다. 닭들은 야맹증이라 꼬꼬하는 경계음을 내다가 왈패들의 아가리에 물렸다. 사냥은 수월했다. 마을의 닭들을 눈에 띄는 대로 사냥했다. 그리고 입에 두 마리를 물기 어려워서 사냥에 성공하는 즉시 중간 아지트로 그들을 보냈다. 마지막에 동네 개에게 들켜서 소동이 나긴 했지만, 왈패들은 닭을 한 마리씩 사냥했다. 그리고 약속한 중간 아지트에서 왈패들과 합류하여 소굴로 돌아갈 수 있었다. 성공적인 하루였다.

사료에 길들었던 식구들은 야생의 맛을 보자 허발했다. 몸과 마음에 활력이 넘쳤다. 전통음식이 몸에 좋다는 사실도 새삼 깨달았다. 닭발이나 뼛조각 하나 남기지 않고 모조리 먹어치웠다. 동굴에는 깃털만 수북이 쌓였다. 덕분에 침실이 폭신폭신해졌다. 자기 몫이 적다고 투덜대는 친구들도 있었지만, 그런대로 나누어졌다. 이런 와중에도 허스키는 빠짐없이 푸들의 몫을 챙겼다.

사냥팀은 이슥한 밤에 누렁이의 안내로 매일 밤 출동했다. 집집마다 닭이 서리를 맞았다. 닭이 부족해지자 다른 먹이로 눈을 돌렸다. 어느 집 마당에 염소 한 마리가 묶여 있는 걸 발견했다. 닭을 잡은 놈들은 동굴로 돌려보내고 누렁이 지휘 아래 염소를 덮쳤다. 염소의 목을 물고 맴맴 소리를 지르는 주둥이를 불도그가 덥석 물어서 소리를 내지 못하도록 하고 질식시킬 수 있었다. 그러나 염소는 말뚝에 묶여 있어서 끌고 갈 수가 없었다. 쇠줄은 끊어지지 않았다. 이때 불도그가 제안했다.

"내가 목을 끊어버릴 테니까 너희들은 몸통을 단단히 물고 잡아당겨."

불도그의 제안 말고는 다른 방법이 없어서 모두 달려들어서 염소를 물고 늘어졌다. 불도그의 억센 턱이 염소의 목을 잘라버렸다. 염소의 머리통은 버리고 모두 달려들어 염소의 몸통을 물고 함께 달렸다. 피 냄새를 맡은 동네 개가 짖어대기 시작했다. 한시바삐 도망치는 게 상책이었다. 모두 힘이 부쳐서 헉헉거렸다. 닭한 마리 물고 달릴 때와는 생판 달랐다. 간신히 임시 아지트에 도착해서 잠시 쉬기로 했다. 야산 하나를 넘을 일이 까마득했다. 모두 혀를 빼물고 헐떡거렸다. 이때 누렁이가 묘안을 냈다.

"여기서 염소를 먹어치우자."

누렁이의 뜬금없는 제안에 모두 눈알이 커졌다.

"우리만 먹으면 집에 있는 식구들이 난리를 칠 텐데. 지들만 먹고 온다고."

허스키가 누렁이의 의도를 알아채고 해법을 제시했다.

"우리만 먹자는 게 아니야. 우리 뱃속에 염소 고기를 넣고 가서 골고루 게워주면 돼. 요게 원래 우리가 새끼를 키우는 방식이야."

사냥팀은 식구들에게 자기들만 먹었다는 비난을 피하면서 난제를 해결하는 묘책이라고 환영했다. 염소를 물고 산 하나를 넘는 건 무리였다. 달마티안은 모국어를 잊지 않고 굿 솔루션이라고 소리쳤다.

닭이나 염소 같은 소규모 노략질로 식구들의 입을 다 보살필 수 없게 되어 더 대담한 계획이 필요했다. 마을 인근에는 한우농장이 여럿 있었다. 소에게 눈길을 돌렸다. 소를 잡기는 쉽지 않겠지만 방법을 찾기로 했다. 누렁이의 안내로 이슥한 밤에 한우농장에 접근했다. 한우농장은 낮에 관리가 끝나면 모두 퇴근하고 따로 사람이 지키지 않았다. 문이 잠겼지만, 개들이 드나들기 쉬운 개구멍이 수두룩했다. 그도 그럴 것이 트럭으로 소를 싣고 가지 않으면 달리 도적맞을 일이 없기에, 대문은 튼튼한 파이프로 성글게 프레임이 만들어져서 왈패들이 드나들기에 안성맞춤이었다. 아무도 한우농장에 왈패들이 들이닥칠 것이라고는 짐작하지 못했다.

한우농장으로 왈패들이 들어서자 잠을 자던 소들이 움찔하고 일어나서 뿔을 들이댔다. 입구에 묶여 있던 개 한 마리가 처음에는 컹컹 짖다가 떼거리로 밀려드는 왈패들에게 질려서 꼬리를 사타구니에 감고 개집 안으로 쏙 들어갔다. 왈패들은 개는 거들떠보지 않고 송아지에게 달려들었다. 아무래도 뿔을 들이대고 전투태세를 취하는 어미 소는 부담스러워서 송아지를 겨냥한 것이다. 송아지는 재빨리 어미 곁으로 숨었다. 그러나 왈패들은 양쪽 측면에서 송아지를 공격했다. 어미가 굼뜬 발길질을 했으나 송아지 뒷다리를 물고 잡아당겼다. 송아지도 나름 발길질을 했으나 아직 어설펐다. 모든 유제류는 뿔과 발차기가 유일한 방어 수단이다. 그러나 좁은 우리에서 맘대로 움직일 수 없는 어미 소는 금방 한계를 드러냈다. 더구나 떼거리로 달려드는 왈패들을 당해낼 수가 없었다. 눈 뜨고 도적을 맞는 셈이었다. 어미 소는 뿔을 흔들며 울부짖었지만, 구원의 손길은 오지 않았다. 왈패들은 순식간에 송아지의 다리를 물고 늘어져서 쓰러트리고 목과 주둥이를 덮쳤다. 처음에는 음매 소리를 냈으나, 곧 주둥이가 틀어 막혀 끽소리도 내지 못했다. 왈패들은 사방에서 달려들어 물어뜯었다.

송아지 한 마리를 사냥팀이 다 먹어치울 수 없어서 발 빠른 그레이하운드가 나머지 왈패들을 모두 데리고 왔다. 송아지는 순식간에 갈가리 찢기고 머리통과 발굽만 남긴 채 왈패들의 뱃속으로 사라졌다. 이번에도 허스키가 소굴을 지키고 있는 푸들의 몫을 챙기기로 했다. 작업을 마친 왈패들은 누렁이의 인솔로 농장을 빠져나와 어둠 속으로 사라졌다.

송아지를 잡아먹고 재미가 들린 왈패들에게 중대한 문제가 생겼다. 다음 날, 왈패들은 야산을 넘어서 마을이 내려다보이는 지점에서 멈춰야 했다. 마을 길목마다 화톳불을 피워놓고 사람들이 웅성거리고 있었다. 어제 송아지가 먹히고 나서 마을 사람들이 우리 마을은 우리가 지키겠다는 식으로 자경단을 조직한 것이다. 사람마다 몽둥이도 들려 있었다.

"밤마다 달기가 살살 읍서지길래 쪽째비 짓거린가 햇드니 고게 아닌게벼. 쪽째비가 달기는 물어가도 염생이나 송아치는 어림두 읍자녀. 호랑이 짓두 아닐 테구 말여, 늑대 짓일랑가?"

"호랑이랑 늑대 씨알머리가 말른 게 은제 적인디."

"그럼 구신밖에 읍단 소리네. 증말 구신이 곡할 노릇이여."

"그러게 말여. 개볍게 볼 일이 아녀유. 경찰에 신고하구 넌즈시 다둬야 하는 거 아녀유."

"신고야 하매 해슈. 염생이 한 마리랑 달기 스물몇 마리가 읍서졌다고 했유. 시쿤둥하드만유. 송아치까장 바서먹었다니까 찔끔하는 눈치유. 한번 나온대유. 지둘려야지 어짜거슈."

"하긴 자고 새면 숭악한 사건이 허다하게 터져버리는 디숭숭한 시상에서 짐승 몇 마리 읍서졌다구 뭐 대수냐 안 그러거슈?"

"그래두 경찰을 보꺼야 해. 우덜이 야밤에 맨날 보초를 서야 하것냐. 군대에서 하던 지긋지긋한 짓거리를 요 나이 먹구 해야 대냐 요 말이여. 염생이나 송아치 며가지를 댕강 잘라놓고 물어가는 늠들이 사람 안 물어가라는 벱도 읍구 말여."

"마저 마저. 민중의 지팽이가 뭐 하는 거냐고 자근자근 갈궈야 해유. 짐승 물어 가면 디에 사람 차례라고 을러야 해유."

천년동굴

이제는 마을로 사냥을 더 나갈 수 없는 왈패들은 꼬박 며칠을 굶었다. 배가 허리에 들러붙고 꼬르륵 소리가 났다. 뭔가 비상 대책을 내놓아야 했다. 앞다투어 돌무더기 연단에 올라서서 대책이라는 걸 내놓았지만, 웃음거리만 되는 헛것들이었다. 잠자코 듣고 있던 누렁이가 나섰다.

"조금 멀기는 하지만 고개 하나 넘으면 다른 마을이 있어. 닭이나 염소도 있을 테고."

누렁이의 안내로 왈패들이 이동했다. 며칠간 사냥을 하면 마을마다 자경단이 꾸려지고 경비가 삼엄해졌다. 그러면 왈패들은 다시 이웃 마을로 타깃을 옮겼다. 운주산 골짜기 아래마다 음달말, 양달말, 어리미째고개, 새뜸말, 안말, 서당골 등 있어서 그럭저럭 생계를 꾸리기에 지장이 없었다.

카메라에 잡힌 왈패들

농민들의 가축 피해 신고가 여러 건 접수되었으나, 꿈적도 하지 않던 경찰이 드디어 출동했다. 닭이나 염소 정도가 아니라 송아지를 잡아먹었다는데 모르는 척할 수 없었던 모양이다. 경찰이 한우농장에서 송아지 뼈를 수습해서 생태학자를 불렀다. 마을마다 호랑이나 늑대가 나타났느니 하는 흉흉한 소문을 잠재울 필요가 있었다.

　송아지 뼈를 넘겨받은 생태학자는 돋보기를 들이대고 뼈의 절단 부분을 들여다보았다. 송아지는 목뼈가 분질러지고 등뼈와 골반뼈 같은 억센 골격만 남았다. 갈비뼈는 다 잘라먹고 등골만 남았다. 생태학자는 부러진 갈비뼈의 단면에 주목했다. 칼 같은 예리한 도구가 쓰인 게 아니라 거칠게 부서진 뼈에 송곳니가 박힌 흔적이 보였다. 생태학자는 돋보기를 내려놓고 생각에 잠겼다.

저런 갈비뼈를 부술 정도면 대형 고양잇과 동물이나 늑대밖에 없는데…… 이 땅에 호랑이와 늑대가…….

생태학자는 고민을 거듭한 끝에 '늑대 복원 프로젝트'에 참가하고 있는 동료 학자를 만났다. 늑대 복원팀도 송아지 뼈에서 늑대나 호랑이 같은 대형 포식동물의 흔적이 엿보인다고 인정했다. 생태학자의 견해에 일부 동의한 것이다. 그러나 호랑이나 늑대 출현을 염두에 두지 않았다. 생태학자는 막연한 가능성에 상상의 나래를 펴고 있었다.

"대형 포식동물의 출현을 섣불리 진단할 수 없지만, 최근 고라니나 멧돼지 따위의 개체 수 증가에 주목해야 합니다. 하위 먹이사슬인 초식동물이 증가하면 포식동물도 따라오게 됩니다."

이에 대해 복원팀은 반론을 폈다.

"한반도 남쪽은 고립된 섬이나 마찬가집니다. 북한과 만주, 시베리아에는 호랑이와 야생 늑대가 생존하지만, 여기는 분단 철책으로 가로막혀서 유입 가능성은 전혀 없습니다. 멸종동물이 자생적으로 생겨날 가능성은 더군다나 없고요."

생태학자는 반론을 펼 수는 없었지만, 이빨 자국의 흔적을 떨쳐버릴 수 없었다. 혹시 지리산에 복원시킨 반달곰의 출현 가능성도 염두에 두었다. 일부지만 반달곰이 원래 서식지에서 멀리 이탈하는 사례도 가끔 눈에 띄었다. 곰이 송아지를 덮칠 수 있다는 개연성도 아주 배제할 수 없었다. 그러나 주로 단독 생활을 하는 곰이 하룻저녁에 송아지 한 마리를 모두 먹어치웠다고 보기는 어려웠다.

2002년에 지리산에서 우연히 반달가슴곰이 발견되었다. 지리산 국립공원 당국에서 즉각 개체 수 조사에 들어갔다. 개체 수는 오십 마리 미만으로 아주 적었다. 유전자 고립으로 곧 멸종에 이를 수 있다고 진단했다. 그래서 반달가슴곰 복원프로젝트가 2004년부터 시작되었다. 지리산 국립공원 안에 종복원기술원을 건립하고 아직 남아 있는 원주민도 모두 이주시켰다. 종복원기술원은 러시아, 중국, 북한에서 반달가슴곰을 도입하고 번식시켜서 지리산 국립공원에 방사하기 시작했다.

반달가슴곰은 단군신화에 나오는 모신적(母神的) 존재이기는 하지만, 자연생태 복원에 꼭 필요한 종자인지 의문을 제기하는 학자들도 있었다. 반달가슴곰이 지리산과 백두대간의 생태 깃대종이라는 대표성에 집착하기보다 생태계의 유기적인 균형에 주목해야 한다는 견해도 있었다. 생태학자들은 급격하게 개체 수가 늘어나는 풀만먹는짐승들의 증식을 억제하는 대책에 초점이 맞춰져야 한다고 주장했다. 그러나 반달가슴곰은 먹이의 8할 이상이 신갈나무, 밤나무, 참나무, 다래나무 열매 등 초식성이고, 나머지 동물성 먹이라야 곤충류와 물고기, 파충류 등이 전부여서 고라니나 멧돼지 같은 개체 수 조절에는 아무런 기대도 할 수 없었다. 그

뿐 아니라 지나치게 꿀을 좋아해서, 인근 꿀벌농장을 습격해서 농민들의 원망을 사기도 했다. 가끔 꿀벌농장 주인이 올가미를 설치해서 반달가슴곰을 죽이기도 했다. 생태 복원 운동도 지역주민의 협조와 동참이 필요했다.

더군다나 반달가슴곰은 겨울 동안 긴 겨울잠을 잔다. 풀만먹는짐승들은 이때가 가장 취약하다. 먹거리 부족으로 체력이 급속히 떨어지고 풀이나 나뭇잎이 모두 지고 나면 숲속이 훤히 들여다보인다. 숲속의 시야가 뻥 뚫려서 풀만먹는짐승들은 몸을 감추기가 어려워진다. 고기먹는짐승들은 이때가 호황기다. 거기에다 눈이 쌓이면 발자국이 눈밭에 찍혀서 꼬리를 감출 수 없게 된다. 이때 고기먹는짐승들이 풀만먹는짐승들을 포식해서 개체 수 조절을 하는 것이다. 그러나 반달가슴곰은 겨울잠을 자기 때문에 늘어나는 풀만먹는짐승들의 개체 수 조절에 아무런 도움이 되지 않는다. 혹시 잠을 자지 않는다고 해도 굼뜬 몸이라 풀만먹는짐승들을 쫓지 못한다. 반달가슴곰의 생태 복원이 성공적으로 진행되고 있지만, 생태 복원의 상징성 이외에 유기적인 생태계 조절에 보탬이 된다는 연구 결과는 아직 아무것도 없었다. 그저 반달가슴곰에 대한 신화적 집착과 동화적 감성에 젖은 것은 아닐까.

반달가슴곰은 한반도 종 다양성 제고의 실험 대상일 뿐이다. 반달가슴곰이 지리산에서 김천 수도산까지 진출했다는 보고도 있어서 종 복원은 일정한 성과를 거두었다. 그런 실험적 접근보다 늘어나는 풀만먹는짐승들의 개체 수 조절에 종 복원의 초점이 맞춰져야 한다는 현실 인식이 절실할 때라고 재야 생태학자들은 주장했다. 그래야 생태계 복원과 균형의 필요성에 더 깊이 공감하지 않을까.

"우선 이빨 자국의 정체를 확인해야 합니다. 추가로 정보가 수집되는 대로 다시 논의하지요."

생태학자는 가축 피해 지역 마을 사람들의 증언을 토대로 마을에서 운주산으로 들어서는 길목마다 카메라를 설치했다.

며칠 뒤, 이빨 자국의 정체가 드러났다. 여러 종자의 개들이 카메라에 선명히 포착됐다.

개들이 산에서 사네!

생태학자는 마을 사람들이 얘기한 대로 개농장에서 개들이 탈출했다는 소문을 떠올렸다. 경찰을 통해서 개농장주와 통화가 이루어졌다. 농장주는 득달같이 달려왔다. 카메라에 포착된 영상을 보여주자 그는 즉석에서 알아보고 설레발을 쳤다.

"저게 다 내 꺼유. 저늠들이 땅굴을 파구 내뺐슈. 말짱 성하게 돌아댕기내유. 얼릉 부짜버줘유. 지가 시방 거덜낫슈."

"잡는 거는 나중 문제고요. 당신이 키우던 개들이 틀림없습니까?"

"맞구말구유. 지가 저늠들에게 여간 공을 드린 게 아녀유."

"그런데 생김새가 훌륭한 순종들로 보이네요."

"그럴 리가 있나유. 여그저그서 끄러모둔 씨갑씨들여유. 믹스 견이라구 하자너유."

농장주는 개들을 유기견 보호소에서 빼돌린 일로 은근히 뒤가 켕겼으나, 시치미를 떼고 잡종이라고 우기면서 잡아달라고 애걸했다.

"얼릉 차귀나 올개미루 발목재이를 부뜨르면 대유. 시간만 질질 끌지 말구유."

생태학자는 농장주의 억지를 거절했다.

"그건 안 됩니다. 불법입니다."

"저 가이들은 지 께 마저유. 축난 거 말구 달븐 거 보탤라구 하는 거 아녀유."

농장주는 도망친 개들에게 미련을 버리지 못했다.

"지금 잡고 말고 하는 건 제 소관도 아니고요. 방법도 몰라요. 경찰에 가서 상의하시든지……."

생태학자는 진드기같이 달라붙는 농장주를 따돌리고 깊은 생각에 잠겼다. 그는 의자 등받이에 목을 고이고 눈을 감았다.

생태학자가 늑대 복원팀과 다시 만나서 수집한 영상 자료를 보여줬다. 늑대 복원팀은 대수롭지 않게 한마디 했다.

"개들이네요. 산에 돌아다니는…… 그런데 수가 엄청나네요."

카메라에 잡힌 왈패들

생태학자는 그의 말을 바로 받았다.

"맞습니다. 산에 사는 개, 늑대의 친척이기도 하고요."

복원팀이 즉각 반응했다.

"개가 늑대가 될 수 있다는 말입니까?"

"야생에서 오래 살다 보면 늑대가 될 수는 없어도 늑대 역할은 가능하지 않을까요?"

복원팀이 생태학자에게 항변했다.

"우리는 지금 늑대를 원하고 있습니다. 늑대가 개로 진화한 사실은 있지만, 개가 늑대가 됐다는 얘기는 없습니다. 야생개가 생태계에 어떤 영향을 끼칠지 모르는데, 생태계를 함부로 실험장으로 쓸 수는 없지 않습니까?"

"야생개가 늑대와 합류하여 늑대 종자로 포섭된 사례는 아주 많습니다. 어려운 늑대 복원보다 야생개가 늑대 역할을 하도록 돕는 게 더 쉽지 않을까요? 급격히 늘어나는 고라니나 멧돼지 개체 수를 조절하는 역할 같은 거 말입니다."

학자들의 논쟁은 계속되었다. '늑대 복원 프로젝트'에 의해 중국에서 늑대 두 쌍을 들여와 교배시켜서 열 마리를 출산하기는 했지만, 모두 죽어버리고 겨우 한 마리만 생존한 상태였다. 그 한 마리도 온전치 못해서 종의 몫을 하기는 어렵게 되었다.

늑대와 개의 유전자는 99.96%가 같아서 쉬 구별이 어려울 정도이다. 연구자들에 의하면 환경과 식생에 따라서 호르몬 분비 차이로 공격성이나 사회성이 얼마든지 달라질 수 있다는 것이다.

늑대 복원은 정부 예산으로 진행하는 프로젝트라 중단되지 않았다. 그들은 늑대의 역할보다 늑대 종자에 집착했다.

러시아의 어느 학자는 여우로 묘한 실험을 했다. 여우를 번식시켜서 순한 새끼와 사나운 새끼를 분리해서 사육하고, 순한 종자와 사나운 종자끼리만 서로 교배하고 번식시켰다. 여러 대를 거치면서 순한 종자는 정말로 순둥이가 되고, 사나운 종자는 점점 더 사나운 짐승이 되는 걸 실증적으로 보여줬다. 순한 여우는 애완견이나 다름없어서 애호가들이 애완동물로 기르는 데 전혀 지장이 없었다. 러시아 학자는 늑대가 가축화된 경로를 여우로 추적한 것이다. 이를 다시 개에게 적용하면 늑대를 복원할 수 있다는 가능성을 보여줬다. 강아지 중에서 사나운 강아지끼리 끊임없이 교배를 시키면 늑대의 유전자를 가진 야생의 늑대를 복원시킬 수 있다는 가설을 보여준 것이다.

생태학자들은 기왕에 산으로 도망친 개들을 적당히 유도해서 늘어나는 풀만먹는짐승들 개체 수 조절의 대안으로 삼아야 한다고 주장했다. 이미 그런 기능을 부분적으로 입증하고 있었지만, 관변학자들의 고정관념은 바뀌지 않았다. 야생늑대의 복원 가능성을 배제하고 대륙 늑대의 복원에만 집착했다. 그들에게는 그게 조직의 생리였다. 늑대 복원 프로젝트를 포기하면 조직도 즉시 해체해야 하고, 자신들이 설 자리를 잃게 되기 때문이다. 그들은 재야 생태학자들의 실험에 끼어들지 않겠다는 의지를 드러냈다. 여기저기 바이러스에 감염된 인간들이 보였다.

야산으로 탈출한 왈패들은 점점 야성을 회복했다. 송아지 사건으로 가축 탈취가 어려워지자 근본적으로 다른 생계 대책을 세워야 했다. 산에는 먹거리가 보기보다 많았다. 들쥐, 산토끼, 고라니, 멧돼지는 늑대의 전통적인 먹거리였다. 왈패들은 먹거리를 찾아서 각자 흩어졌다 모이기를 반복했다. 들쥐나 산토끼 같은 간식거리는 개별 사냥이 가능했지만, 고라니나 멧돼지 같은 먹거리는 조직적으로 추적해야 한다는 사실도 깨달았다. 야성을 조금씩 회복한 왈패들은 비문의 작동으로 짐승들 추적이 가능해졌다. 고라니는 산 아래쪽에서 돌아다니면서 하천과 농작물을 기웃거렸고, 멧돼지는 산의 7부 능선까지 올라가고 골짜기와 웅덩이를 근거지로 삼았다. 활엽수 아래를 누비고 다니며 열매를 주워 먹고 주둥이로 땅을 파헤쳐 벌레나 칡뿌리나 구근도 즐겨 먹었다. 가끔 먹이가 궁색해지면 밤에 민가로 내려와서 농작물을 해치기도 했다. 암수와 새끼들이 떼거리로 다니기 때문에 한 번 들이닥치면 농작물은 그야말로 쑥대밭이 되고 말았다.

백여 마리의 왈패들은 작은 쥐나 토끼 같은 간식거리로 생계를 이어가기 어렵게 되었다. 아무래도 먹음직한 고라니나 멧돼지 같은 먹거리로 눈을 돌렸다. 그러나 그들은 야생에서 오래 적응한 종자라 쉽사리 잡히지 않았다. 섣불리 접근하면 금방 낌새채고 사정권 밖으로 일찌감치 도망쳤다. 면밀한 작전이 필요했다.

그러나 아직 조직력이 갖추어지지 않은 왈패들은 삼삼오오 짝을 지어 운주산 일대를 누비기 시작했다. 누렁이의 생각대로라면 아예 운주산을 빙 둘러싸고 포위 작전을 펼치고 싶었지만, 누렁이의 말귀를 알아듣지 못하고 제각기 날뛰기에 바빴다.

굶주린 그레이하운드와 불테리어가 멧돼지 냄새를 맡고 추적에 나섰다. 서로 잘 어울릴 것 같지 않은 이들이 짝을 이룬 것은 우연이 아니고 필연이었다. 개농장의 뜬장에서 짝을 이뤄 산 적이 있었다. 처음에는 불테리어가 투견 기질 때문에 그레이하운드를 구박하다가 주인한테 호되게 혼이 나고부터 그럭저럭 지내게 되었다. 모두 뜬장에 갇힌 신세를 절감하고 서로 무관심과 무기력으로 나날을 보낼 수밖에 없었다. 그것도 인연이라고 야생에 나와서도 짝을 이루게 되었다. 그들은 야생 멧돼지 냄새를 따라 달리기 시작했다. 냄새가 희미해지면 속도를 늦추고 냄새의 끄나풀을 찾아내어 방향을 잡았다. 정말 머지않은 산 중턱에 우람한 수돼지가 보였다. 수돼지는 추적자들을 힐끔 쳐다보고 도망치기 시작했다. 어쩐 일인지 수돼지는 산 아래로 달렸다. 수돼지는 산 아래 사람들이 사는 마을로 달리기 시작했다. 사람들에게 달려가면 구원이 될 수 있다고 믿는 것 같았다. 마침내 수돼지는 환한 대낮에 전의 읍내로 도망쳤다. 달리기라면 둘째가라고 해도 서러운 그레이하운드가 수퇘지를 바짝 뒤쫓아 엉덩짝을 물기까지 했다. 그러나 수퇘지는 교묘한 수법으로 위기를 모면했다. 발굽동물은 나름의 특기가 있다. 도망치다가 추적자에게 잡힐 것 같으면 발굽을 이용해서 직각으로 방향을 전환했다. 이때 발굽은 브레이크 역할을 한다. 그러나 발가락동물은 이런 급회전이 안 되기 때문에 그만큼 회전반경이 커지는 것이다. 속도로는 따라잡을 수 있지만, 회전반경이 커져서 수퇘지와의 거리가 좁혀지지 않는 것이다. 직선으로 달릴 때 거리를 좁혀놓으면 급회전으로 다시 거리가 멀어지는 실랑이가 계속되었다. 수퇘지는 위기 때마다 급회전으로 위기를 모면하면서 전의 읍내를 누비기 시작했다. 시장 골목길로 도망쳤던 수퇘지는 아파트 지하주차장을 한 바퀴 뼹 돌고 아파트 앞 정원을 달리기 시작했다.

주말 오후에 벌어진 이 진풍경을 아파트 주민들은 창문을 열고 구경하다가 환호성을 지르고 박수를 치기까지 했다.

"돼지라고 깔볼 게 아니네."

"누가 아니랴. 산짐승들도 한 방이 있다니께."

요란한 환호성에 소파에 늘어져 있던 아파트 주민들이 창문에 매달려서 목을 길게 빼고 눈요기에 몰두했다. 웬만한 육상대회보다 흥미진진했다. 궁지에 몰린 수퇘지는 콧김을 내뿜으며 아파트 앞동에서 뒷동으로 자리를 옮겨가면서 달리기를 계속했다. 환호성은 아파트 동에서 동으로 파노라마처럼 번져갔다. 어떤 여인네는 짧은 치마를 입고 한껏 멋을 내고 외출하다가 갑자기 들이닥치는 멧돼지와 개들에게 놀라서 벌렁 넘어지면서 미끈한 다리를 드러내고 말았다. 남자들은 휘파람과 함께 야유처럼 느껴지는 박수갈채를 보냈다. 짐승들에게 보내는 것인지 여인네에게 보내는 것인지 모르는 이상한 분위기 때문에 환호성은 묘한 분위기를 자아냈다. 옆에서 함께 구경하던 어떤 여자가 요란하게 휘파람을 부는 남편의 머리를 쥐어박는 장면도 보였다. 넘어졌던 여인네는 황급히 일어나서 먼지를 털 새도 없이 도망가다가 허둥지둥 핸드백을 집으러 다시 오는 촌극을 연출했다.

그런데 사람들은 그냥 구경만 하는 게 아니라 묘한 심리상태에 빠졌다. 상식적이라면 멧돼지가 개들에게 얼른 잡혀서 소동이 멈추기를 바라야지만, 마음은 그렇지 않았다. 멧돼지가 개들에게 잡히지 않고 무사히 도망치기를 바라고 있었다. 약자에 대한 묘한 동정심이 생겼다. 성악설을 주장한 묵자가 이런 장면을 보았다면 그는 학설을 바꿨을지도 모른다. 멧돼지가 개들에게 잡힐 만하면 급회전으로 개들을 따돌리는 장면은 구경의 백미였다. 주민들은 그때마다 아낌없는 박수갈채와 환호성을 내질렀다. 아이돌 공연에서나 있을 법한 장면이었다.

개 중에서 늘씬해서 달리기에 특화된 그레이하운드와 불테리어는 점점 지쳐갔다. 무슨 일이든 희망이 눈에 보이면 사기가 올라가지만, 희망이 손에 잡히지 않으면 맥이 풀리고 힘이 빠지게 되는 것이다. 아무리 펀치를 날려도 상대가 끄떡도 하지 않고 막무가내로 버티면 때리는 선수가 오히려 지치고 만다. 야생에서 살아온 멧돼지에 비해 그레이하운드와 불테리어는 아직 애송이라는 걸 절감했다. 그들은 며칠간 굶주린 데다가 잡을 만하면 급회전으로 도망치는 멧돼지의 수법을 빤히 알면서 여러 번 당하고 나니, 맥이 쏙 빠져서 점점 지쳐갔다. 멧돼지도 지치기는 마찬가지지만 번번이 개들을 따돌리는 재미로 그래도 힘을 잃지 않았다.

그러나 멧돼지도 한계에 이르러 어딘가 도피처를 찾아야만 했다. 개들이 따라오지 않는 곳이면 지옥이라도 뛰어들 판이었다. 아파트를 벗어나서 길거리를 달리던 멧돼지는 편의점으로 돌진했다. 문을 열고 들어가는 것이 아니라 박치기로 유리문을 들이받았다. 문짝 아랫동아리 유리를 박살내고 튀어 들어간 멧돼지는 급브레이크를 밟았지만, 매끄러운 편의점 바닥 때문에 스키드 마크를 길게 내면서 무료하게 서 있는 음료 냉장고를 들이받았다. 갑자기 기습을 당한 냉장고는 아랫도리를 얻어맞고 앞으로 넘어졌다. 멧돼지는 순발력으로 이를 피하면서 이번에는 과자와 라면 진열대를 넘어뜨렸다. 날벼락을 맞은 편의점 알바는 '엄마야'를 외치며, 급한 김에 계산대 위에 날름 올라가서 바들바들 떨었다. 바짝 따라왔던 개들은 편의점에서 우지끈 뚝딱거리는 소리에 지레 놀라서 뒷걸음을 쳤다. 가끔 오가는 사람들의 시선도 부담스러웠다. 그 틈을 이용해서 뻥 뚫린 편의점 문짝 구멍으로 튀어나온 멧돼지는 다시 거리를 달리다가 뒤쫓는 개들을 보고 이번에는 식당으로 뛰어들었다. 거기는 우연찮게 돼지족발 식당이었다. 이번에도 멧돼지는 달려온 속도를 이기지 못하고, 식탁을 넘어트리고 펄펄 끓는 찌개 냄비를 뒤엎었다. 뜨거운 찌개 국물은 산지사방으로 날렸다. 멧돼지는 출구가 없는 식당의 곳곳을 들이받으면서 분탕질을 쳤다.

이때 멀리서 소방대 구급차가 왱왱 소리를 내면서 달려왔다. 멧돼지는 이게 위급한 신호라는 걸 알았는지 정신을 차리고 들어왔던 문으로 뛰쳐나갔다. 개들은 뛰쳐나온 수돼지를 쫓으려다가 멈칫했다. 이게 예삿일이 아님을 직감했다. 개들은 멧돼지를 포기하고 뒷걸음을 쳤다. 이제 멧돼지가 문제가 아니라 자신들도 함정에 빠졌음을 느꼈다. 개들은 뒤돌아서 산을 향해서 달리기 시작했으나 아직 거리를 빠져나가지 못했다. 그들이 달리는 거리 앞에는 소방대원 여럿이 그물을 펼쳐 들고 좁혀오고 있었다. 뒤를 돌아보니 그쪽에도 그물이 좁혀오기는 마찬가지였다. 엎친 데 덮친 격으로 멧돼지를 뒤쫓는 쪽에서는 탕탕거리는 총소리까지 들렸다. 개들은 공포 분위기에 휩싸였다. 그나마 다행인 것은 짐승에게도 격이 있는지 개들한테는 총질하지 않았다. 이제 개들의 선택은 오직 둘 중 하나였다. 그물에 걸려서 유기견 보호소로 돌아가든지, 아니면 저 그물을 어떻게든 돌파해서 자유의 몸이 되느냐는 갈림길에 서 있었다. 개들은 관성대로 가던 길을 달리기로 했다.

달리기할 때는 언제나 그레이하운드가 앞장섰다. 그는 달리기 선수임이 분명했다. 뒤따르던 불테리어는 은근히 걱정되었다. 그레이하운드가 아무리 달리기를 잘 한다고는 하지만, 그물이 쫙 펼쳐진 길을 어떻게 뚫고 나갈지 의심스러웠다. 그런데 정말 기적 같은 일이 벌어졌다. 그물 앞으로 거침없이 달리던 그레이하운드는 그물을 든 소방대원들 머리 위로 날아올랐다. 그레이하운드는 긴 주둥이와 앞발을 앞으로 쭉 내밀고 뒷다리는 뒤로 쫙 뻗어서 나는 새처럼 유선형을 만들고 그물을 뛰어넘었다. 그 모습은 마치 양력을 받아서 날아오르는 비행기처럼 보였다. 그물을 든 대원들은 눈앞으로 날아오는 개를 피하려다가 뒤로 엉덩방아를 찧고 말았다. 한 사람이 그물을 잡고 넘어지자 나머지 대원들도 우르르 넘어졌다. 엉성하게 쌓은 담벼락에서 밑돌이 하나 빠지자 와르르 무너지는 꼴이었다. 불테리어는 눈앞에 벌어진 꼬락서니가 의심스러우면서도 자신은 그 틈에 거저 저지선을 돌파했다. 악전고투 끝에 성문을 무너트리고 쳐들어가는 돌격대원 뒤에 선 졸병들처럼 아무런 거리낌 없이 따라가기만 하면 되었다. 불테리어는 저만치 앞장서서 달아나는 그레이하운드를 뒤쫓기 바빴다.

그물을 들고 자신만만하게 걸어오다 넘어졌던 소방대원들은 벗겨진 모자를 무르팍에 툭툭 털고 고쳐 쓰면서 궁시렁거렸다.

"뭐가 휙 날라왔는디?"

"뭐는 뭐여. 개지."

"개가 날르기두 하남?"

"날른 게 아녀. 뛴 거지."

"우덜 키를 넘어가쓴께 날른 거지."

그물망을 탈출하고 멀리 도망친 그레이하운드는 헐떡거리며 뒤따라온 불테리어를 타박했다.

"나만큼 뛰는 놈이 하나만 더 있어도 멧돼지를 잡고도 남았는데."

듣기에 따라 멧돼지를 놓친 게 불테리어 탓으로 들렸다. 성질 사나운 불테리어가 발끈했다.

"뭐야? 나 때문이라고?"

"그럼 나만큼 뛰었으면 안 놓쳤지."

"이 병신아, 괜히 멧돼지 뒷다리만 쫓지 말고 내 쪽으로 몰아야지. 그러면 내가 한 방에 끝내주잖아."

"따라오지도 못하는 주제에……."

"뭐야? 그래 한번 해볼래?"

불테리어는 말이 끝나자마자 그레이하운드에게 이빨을 드러내고 와락 덤벼들었다. 그레이하운드는 날렵한 몸매로 살짝 피하면서 도망치기 시작했다. 그냥 도망치는 게 아니라 '나 잡아봐라' 하는 식으로 약을 올리면서 도망쳤다. 불테리어는 약이 바짝 올라서 혀를 빼물고 달렸지만, 그레이하운드를 잡기에는 역부족이었다.

운주산 중턱에 오른 그레이하운드는 멧돼지를 쫓다 헛물만 잔뜩 켜고 와서 허기를 느꼈다. 그의 뱃구레는 홀쭉했다. 그러나 다른 왈패들은 천년동굴 주변에 여유 있게 널브러져 있었다. 그러나 그레이하운드는 그럴 처지가 아니었다. 왈패들의 입에서는 고기 냄새가 솔솔 풍겼다. 제들은 멧돼지는 아니더라도 고라니 정도는 잡아먹은 게 틀림없다고 생각했다. 그레이하운드는 허기 때문에 식구들이 먹다 남은 뼈다귀라도 찾아내려고 부지런히 산을 쏘다녔다. 노력한 보람이 있어서 식구들이 먹다 버린 고라니 뼈다귀를 찾아냈다. 머리통과 등골만 남았지만 그래도 뼈다귀를 갉으려고 송곳니로 득득 긁다가 흠칫 놀랐다. 약이 바싹 오른 불테리어가 달려오고 있었다. 그레이하운드는 기겁하고 고라니 머리통을 물고 도망치기 시작했다. 그러나 맨몸으로 달릴 때와는 생판 달랐다. 아무리 달리기에 이골이 난 그레이하운드라고 하지만 고라니 머리통을 물고 달리다 불테리어에게 잡히면 호되게 당할 거라는 생각이 들었다. 그레이하운드는 물고 있던 고라니 머리통을 골짜기 아래로 집어 던졌다. 못 먹는 감은 뭉개버리겠다는 심보였다. 이제 불테리어는 그레이하운드를 쫓지 않고 고라니 머리통을 찾으려고 골짜기로 내려갔다. 그레이하운드는 허탈했다. 무언가 먹거리를 찾아서 쫓아다녔지만, 아무것도 소득이 없었다. 괜히 힘만 빼고 곤욕을 치른 하루였다.

사건은 엉뚱한 곳에서 터졌다. 전의 읍내 인근에 우뚝 솟아 있는 운주산에서 멧돼지가 개들에게 쫓겨서 읍내 편의점이나 식당에 들이닥쳤던 사건 때문이었다. 편의점은 그렇다 하고, 식당에 들이닥친 멧돼지가 식탁에서 펄펄 끓는 찌개 냄비를 뒤엎는 분탕질을 저질렀다. 뜨거운 찌개 국물을 뒤집어쓴 사람들이 펄펄 뛰다 응급차에 실려 가는 장면도 뉴스거리였다.

개가 사람을 물면 기사가 되지 못하지만, 사람이 개를 물면 기사가 된다더니, 돼지족발 식당에 멧돼지가 나타났다는 희한한 소식이 별다른 빅 뉴스가 없는 주말 저녁을 장식했다. 그와 함께 송아지가 통째로 먹힌 사건과 유기견들이 운주산에서 활개를 치는 영상이 리플레이되면서 여론이 묘한 쪽으로 흘러갔다. 읍내로 잘못 들어갔던 멧돼지는 구조대의 출동으로 사살되었지만, 야생동물의 돌발적인 출현보다 왈패들의 출몰과 생태계 교란에 초점이 맞춰져서 알 수 없는 불안감을 일으켰다. 왈패들에게 먹힌 염소와 송아지 뼈다귀 영상이 매체에 자주 등장하면서 사람들이 왈패들을 현실적인 위협으로 간주하기 시작했다. 그 위험은 아주 잠재적인 것이었으나 영상매체의 위력으로 증폭되었다. 여론은 무엇이든 키울 수 있는 요술 방망이였다.

그즈음에 늑대 복원팀과 생태학자들 사이에 논쟁에 다시 불이 붙었으나 늑대 복원팀이 정부를 등에 업고 여론을 주도했다. 종의 순수성을 지켜야 하고, 생태계의 교란을 일으켜서는 안 된다는 원론에 더는 이의를 달지 못했다. 오히려 생태계를 교란하는 종자는 제거해야 한다는 논리를 제공했다. 산골 마을에서 가축을 잃은 농민들의 현실적인 불안감도 여론을 부추기는 데 한몫했다. 왈패들이 마을을 습격해서 사람들을 잡아먹지 말라는 법도 없다는 식으로. 기자들이 녹음기를 들이대자 마을 사람들이 저마다 앓는 소리를 했다.

"염생이두 잡아먹구, 송아치두 잡아먹는디 사람은 냅둘라구유. 불안불안해유."

경찰의 요청으로 유해조수방지협회 중심으로 전국에서 포수들이 모여들었다. 그동안 산으로 오르는 길목마다 달아놓은 CCTV에 찍힌 동영상 자료를 바탕으로, 왈패들이 주로 진을 치고 활동하는 운주산을 아예 에워싸고 일망타진할 작정이었다. 여름에는 풀숲이 우거지고 야생동물의 육아 기간이라 사냥 허가가 나지 않는 철이었지만, 이번은 특별한 경우였다. 운주산은 사람들의 출입을 막았다. 아주 위험지역으로 선포한 것이다.

수렵 허가가 나지 않아서 빈둥거리던 포수들이 총기를 꺼내다 기름칠을 했다. 사냥은 최고 스포츠라고 자부하고 때만 기다리던 포수들은 지프에 훌륭한 사냥개를 한 마리씩 끼고 나타났다. 운주산을 끼고 있는 미곡리, 노장리, 노곡리, 청송리 마을회관은 임시 작전사령부 역할을 했다. 엽사들은 왈패들이 활동하는 운주산을 에워싸고 사냥개를 풀어서 전진시켰다. 개가 개를 사냥하는 진풍경이 벌어진 것이다. 산을 오르는 사냥개의 울부짖음이 골짜기와 산등성이에 메아리쳤다.

왈패들은 아지트인 동굴에서 긴급회의를 열었다. 포위망을 탈출해야 하는 아주 긴박한 사태였다. 누렁이는 동굴에서 나와서 산정상으로 올라갔다. 거기는 성벽으로 둘러싸인 주류산성이었다. 성터 안은 넓고 아늑했으나 거기에 안주할 수 없었다. 누렁이는 성문을 지나서 동북쪽으로 갔다. 거기가 성터에서 가장 높고 전망이 좋았다. 누렁이는 사방을 내려다보면서 도망칠 구멍을 찾았지만, 워낙 많은 포수가 촘촘하게 포위하고 있어서 탈출구가 보이지 않았다. 그동안 안일하게 운주산에 줄곧 머무르며 마을을 습격해서 가축을 사냥한 게 오히려 표적이 되고 말았다. 운주산은 주류산성이 있는 백제 부흥군의 마지막 항쟁지이자 유적지였다. 천삼백 년 전에도 이와 비슷한 일이 벌어졌다.

서기 663년 주류산성의 백제 부흥군은 아주 다른 전술을 구사해야만 했다. 서기 660년 나당 연합군이 사비성과 웅진성을 함락했으나, 백제 부흥군은 661년에 웅진성을 포위 공격하기도 하고 심지어 사비성까지 진출했다. 그러나 나당 연합군의 공세를 견디지 못하고 부흥군은 주류산성에 마지막 항쟁기지를 구축했다. 주류산성은 웅진성에서 가깝고 규모가 가장 큰 산성이었다. 그뿐만 아니라 주변의 여러 산성을 거느리고 백제의 부흥운동을 주도했다. 당나라 장수 유인궤가 웅진도독부에서 북으로 고구려를 공략하려던 계획에 큰 차질이 빚어졌다. 유인궤는 신라 원군을 요청하고 주류산성을 양쪽에서 협공하기로 했다. 신라군은 상주, 보은, 회인, 연기로 이어지는 통로에서 당산성을 함락시키고 주류산성에 접근했다. 백제 부흥군은 나당 연합군의 협공으로 주변 보조성을 모두 잃고 주류산성에 갇히고 말았다. 주류산성 전투는 치열했다. 석 달 열흘이나 공방전이 계속되었으나 승패가 가려지지 않았다. 신라는 주류산성을 정벌해야 백제를 정복하는 것이고, 당나라 유인궤는 주류산성을 함락시켜야 본래의 목표인 고구려를 공략하기 위해 한강 유역으로 진출할 수 있게 되는 것이다.

백제 부흥군은 고립무원의 위기를 맞았다. 옥쇄하느냐 희생을 각오하고 포위망을 탈출하느냐 하는 기로에 서게 되었다. 부흥군은 탈출하기로 결의했다. 그러나 나당 연합군의 포위망이 만만치 않았다.

탈출 계략은 성동격서(聲東擊西)였다. 주류산성 서쪽으로 탈출구를 확보하기 위해서 주류산성 동쪽에서 먼저 공작을 벌였다. 가파른 동쪽 산성 위에 돌무더기를 높이 쌓았다. 주류산성 동쪽을 맡은 신라군은 이를 주목했지만, 부흥군의 의도를 알아채지 못했다. 부흥군은 모든 이목을 동쪽으로 집중시켰다. 그것도 어둠이 완전히 내린 술시(戌時)에 작전이 시작되었다. 부흥군은 주류산성 동쪽에 높이 쌓아 올린 돌무더기를 아래쪽 신라군 진영을 향해 일시에 무너트렸다. 굄목 위에 돌무더기를 쌓아서 굄목을 빼버리면 돌무더기가 와르르 무너지도록 설계한 것이다. 무너져 내리는 돌무더기에 편승해서 부흥군이 신라군 진영을 향해 쳐 내려갔다.

신라군 진영은 보초를 세우고 취침에 들 무렵 기습을 당한 것이다. 위에서 굴러떨어지는 바윗덩어리를 감당하기도 어려운데, 부흥군이 쏘는 화살이나 창날은 감당할 수 없었다. 위에서 아래로 향하는 공세는 배가되는 법이다. 신라군은 속수무책으로 당했다. 신라군 진영을 짓밟은 부흥군의 공격은 길지 않았다. 동쪽 신라군 진영으로 이목을 집중시키려는 기만전술에 지나지 않았기 때문이다. 기습작전을 벌이고 신속하게 철수한 부흥군은 다음 단계 작전을 위해 본진에 합류했다. 정신을 차린 신라군의 추격을 늦추려고 철수하는 길목에 삼각뿔 모양의 마름쇠를 마구 뿌려놓았다. 말이나 병사들이 밟으면 걸을 수 없는 부상병이 되는 것이다. 부흥군은 마지막 전투나 다름없어서 가지고 있던 마름쇠를 모두 써버렸다. 부흥군은 애초의 작전대로 성동(聲東)을 마치고 격서(擊西)에 돌입했다.

동쪽으로 쏠린 이목으로, 허술해진 서쪽에서 작전을 개시했다. 주류산성 서쪽은 수문(水門)이 있는 곳이다. 그만큼 기울기가 완만했다. 부흥군은 대담하게 성문을 열고 진격을 개시했다. 거기는 웅진도독부에서 진출한 유인궤가 이끄는 당나라 군사가 맡고 있었다. 당나라 군사는 사비성 공략을 위한 장기간의 원정으로 심신이 지쳐서 사기가 떨어졌다. 술시(戌時)에 성동(聲東)으로 크게 놀란 유인궤는 동쪽 신라군 진영으로 연락병과 함께 병력 일부를 돌렸다. 그런데 서쪽 성문이 열리고 부흥군이 당나라 진영으로 밀고 내려왔다. 아무도 예상치 못한 급소를 찔린 것이다. 부흥군의 전 병력이 쏟아져 내려갔다. 포위망의 그물을 찢어버린 것이다. 자시(子時)에는 서쪽 출구에서 완전히 탈출해서 축시(丑時)와 인시(寅時)에 추격하는 나당 연합군을 완전히 따돌리고 안전지대에 근거지를 마련했다. 부흥군은 주력군의 큰 손실 없이 탈출에 성공했다. 이틀 정도의 도보 행군으로 백강 포구에서 기다리는 선단에 올라서 머나먼 유민의 길로 나서게 되었다.

안전한 동굴에서 지내던 평화의 시대는 끝났다. 포수들이 앞세운 사냥개가 컹컹 짖어대는 소리가 점점 더 크게 들렸다. 천삼백 년 전의 백제 부흥군이나 마찬가지 신세였다. 반란자에게 관용은 없다는 기세였다. 아직 한낮이라 밤까지 기다려서 야음을 틈탈 수도 없게 되었다. 왈패들은 절박한 심정으로 사방을 둘러보았지만 뾰족한 수가 보이지 않았다. 왈패들은 낑낑거리며 초조함을 감추지 못했다. 자신들을 사지로 몰아넣었다는 원망이 쏟아졌다. 그래도 이 지방 지리에 밝은 누렁이가 대책을 내놓을 수밖에 없었다. 누렁이는 결심을 굳히고 앞으로 나섰다.

"완전히 포위되었네."

누렁이 꼬리를 내리고 덜덜 떨었다. 그 모습을 본 왈패들도 왕왕 짖어댔다. 누군가 누렁이를 꾸짖었다.

"우리를 살린다더니 겨우 이거였어. 몰살하게 생겼잖아."

누렁이는 할 말이 없었다. 운주산에 둥지를 틀면 아무런 문제가 없을 줄 알았다. 이렇게 큰 산이 포위될 줄은 꿈에도 생각지 못했다. 누렁이는 허스키와 다른 왈패들의 표정을 살폈지만, 모두 갈피를 잡지 못하고 동동거렸다.

"여러분, 어쩌면 좋지요?"

누렁이의 질문에 비난이 쏟아졌다.

"이 동네 백 리는 훤히 꿰고 있다면서. 도망칠 구멍을 얘기해 봐."

누렁이는 난처했다. 사방에서 올라오는 사냥개들의 울부짖음이 더 크게 들렸다. 누렁이는 허스키에게 다가갔다.

"앞이 안 보이네. 우리 어떡하죠?"

허스키는 초조함을 감추지 못하면서도 무리의 우두머리로서 침착하려고 애썼다.

"어디든 한쪽 포위망을 뚫어야지. 어디가 좋지?"

누렁이는 어디가 좋을지 골똘하게 생각했다. 누렁이는 성벽 높은 고지에서 사방을 둘러봤다. 아무래도 가파른 동북쪽으로 마음이 기울었다. 누렁이는 주둥이로 동북쪽을 가리키면서 말했다.

"이쪽이 젤 험해서 쟤들도 발걸음이 느릴 겁니다."

누렁이는 그렇게 말했지만, 확신이 서지 않아서 허스키를 바라보며 반응을 살폈다. 허스키는 나름 괜찮다는 반응을 보이면서 결심을 내보였다.

"여러분, 그럼 누렁이의 제안대로 이쪽으로 도망칩시다."

그러나 왈패들은 믿음직스럽지 않아서 웅성거렸다. 허스키가 왈패들의 마음을 읽고 누렁이에게 물었다.

"이쪽으로 치고 내려가서 어디로 가야 하니?"

누렁이가 다시 앞에 나섰다.

"포위망을 뚫고 내려가서 동남쪽에 있는 커다란 산으로 도망쳐요. 저기 동림산이라는 데로 모입시다."

동북쪽으로 탈출하기 전에 그레이하운드 같은 걸음이 날렵한 종자들이 서쪽으로 달려가서 사냥개들의 전진을 저지시키고 혼란을 일으키기로 했다. 성동격서(聲東擊西)가 아니라 성서격동(聲西擊東)의 전술을 구사하기로 했다. 서쪽에서 크게 소리를 내며 전투가 벌어질 때 동북쪽을 돌파하기로 한 것이다. 동북쪽은 매우 가팔라서 사냥개나 포수들도 기동력이 떨어졌다. 왈패들도 내리막길이라 발걸음이 불편하지만 그래도 조건이 나쁘지 않았다. 그들은 스포츠지만 왈패들은 목숨을 건 투쟁이었다.

왈패들은 허스키와 누렁이의 얘기를 모두 비장하게 받아들였다. 달리 길이 보이지 않아서 아무도 이의를 달지 않았다. 구체적인 탈출 작전은 개농장 탈출을 주도했던 몇몇이 모여서 머리를 맞댔다. 무리를 세 줄로 나눠서 포위망을 뚫기로 했다. 모든 전쟁의 기본 진용은 좌군과 우군, 중군을 기본으로 한다. 전쟁의 게임화인 스포츠도 마찬가지다. 가운데를 무너트리기 위해서 좌우의 날개를 활용하는 것이다. 왼쪽과 오른쪽은 건장한 친구들이 무리를 보호하고 가운데에는 비교적 허약한 친구들을 따르게 했다. 누렁이는 가운데 맨 앞에 서서 무리의 진로를 이끌기로 했다. 누렁이는 허스키 옆에 붙어서 안내를 맡았다. 개농장 탈출에 공을 세웠던 불테리어가 왼쪽을 맡고, 오른쪽은 발이 빠른 달마티안이 맡았다. 문제는 개농장 탈출의 일등공신인 작고 허약한 푸들이었다. 허스키는 푸들을 가운데로 세우고 우악스럽게 생긴 불도그에게 특별 보호를 요청했다.

사냥개들이 중간 능선에 이를 때 작전을 개시하기로 했다. 사냥개들과 포수들이 산을 오르면서 어느 정도 체력이 소진되는 때를 노렸다. 그러나 포위망은 두 겹이나 마찬가지였다. 앞에서는 사냥개들이 달려들고 뒤에는 포수들이 뒤따르고 있어서 위험이 불가피했다.

우선 사냥개들을 제압하기로 했다. 사냥개가 목표지점에 도달

하면 왈패들은 종대의 간격을 좁혀서 달려드는 사냥개들이 왈패들 진영 가운데로 들어오지 못하도록 밀어내면서 나아갔다. 사냥개들이 진영의 가운데로 들어오면 전투가 벌어지고 진격이 지체되기 때문이다. 그렇게 되면 뒤따라오는 포수들의 타깃이 되고 마는 것이다. 그래서 선두에서는 간격을 좁혀서 사냥개들을 좌우로 갈라치기를 하기로 한 것이다. 선두에서는 물살을 가르며 앞으로 나가고 좌우로 갈라진 사냥개들을 좌우의 왈패들이 공격하기로 했다. 뒤로 갈수록 좌우의 간격을 넓혀서 포수들의 타깃을 분산시키기로 했다. 탈출 진영은 긴 삼각뿔처럼 만들어졌다.

작전이 개시되었다. 왈패들의 목숨을 건 치밀한 작전은 잘 들어맞았다. 왈패들이 진용을 갖추고 진격하자 사냥개들이 꼬리를 내리고 속수무책으로 밀려났다. 어쩌다 눈치 없이 달려드는 사냥개는 좌우 측면을 달리는 왈패들이 물어뜯었다. 그러나 그것도 대열이 지체되지 않도록 오래 끌지 않고 뒤따르는 왈패들에게 넘겼다. 이를테면 한 방을 날리고 바로 뒤로 넘기는 릴레이 타격이었다. 선택과 집중의 수적 우위를 바탕으로 사냥개들을 물리치는 데는 문제가 없었다.

그러나 맨 앞에 선 선두가 문제였다. 왈패들과 사냥개들의 전투가 벌어지면서 개들의 요란한 울부짖음을 듣고 포수들이 사격을 시작한 것이다. 맨 앞에 선 선두가 일차로 사냥개들을 돌파하자 바로 포수와 맞닥트린 것이다. 요란한 총소리가 사방에서 터졌다. 그러나 선두에 선 누렁이를 비롯한 지휘부는 노련했다. 포수를 향해 일직선으로 달려가지 않고 나무와 나무 사이, 바위 사이를 엄폐물로 활용해서 지그재그로 달려갔다. 포수들은 총을 몇 방 쏘다가 겁을 먹고 도망치기 시작했다. 포수들은 몇 발짝 도망가지 못하고 엎어지고 넘어졌다. 왈패들은 넘어진 포수들의 엉덩이를 물어뜯었다. 어떤 포수들은 나무로 기어오르다가 종아리를 물리기도 했다.

운주산을 빙 둘러싸고 길게 포위망을 형성한 포수들이 운주산 동북쪽에서 전투가 벌어지는 걸 알고 그리로 모여들어 사격에 가세했다. 여기저기서 희생자가 속출했다.

왈패들은 포위망의 둥근 풍선의 정면을 공략해서 길게 늘어트리고 찢는 데까지는 성공했지만, 긴 탈출 행렬로 포수들이 모여들어 사격을 집중하자 행렬의 중간이 끊어지고 말았다. 선두그룹은 탈출에 성공했지만, 행렬이 끊긴 후미그룹은 집중사격의 표적이 되었다. 성서(聲西)로 출격했다가 뒤늦게 합류한 그레이하운드 종자들이 집중사격을 많이 당했다. 그들은 빗발치는 총알 때문에 더는 전진할 수 없게 되어 탈출 행로를 포기하고 산 위로 쫓기게 되었다. 포수들은 이미 포위망을 빠져나간 선두그룹의 왈패들은 포기하고 산 위로 도망치는 왈패들을 목표로 사냥개를 앞세워 진격했다. 그냥 쫓기만 하는 게 아니라 마구 총을 쏘아대면서 추격했다. 운주산 자락은 사방에서 터지는 총소리로 메아리쳤다.

포수들의 사정거리에서 벗어난 선두그룹의 왈패들은 어지럽게 터지는 총소리에 걸음을 멈췄다. 총성이 터질 때마다 동료들의 깨갱거리는 비명이 함께 들렸다. 누렁이를 비롯한 왈패들은 동료들의 그 비명이 들릴 때마다 자신들이 총을 맞은 것처럼 움찔거렸다. 그렇다고 발길을 돌려서 그들을 구할 수도 없었다. 그냥 가자니 발걸음이 떨어지지 않고, 구조 수단도 없는 안타까운 순간이었다. 망설이는 누렁이에게 허스키가 다가왔다.

"대장, 여기를 빨리 벗어나야 합니다. 우리가 먼저 안전지대를 확보하고, 기회를 봐서 구조대를 꾸립시다."

그러나 누렁이는 생각을 달리했다. 아니, 생각하고 말고가 아니라 본능적으로 동료들을 구해야 한다는 결심으로 기수를 돌렸다.

"시방 말고 원제 구하냐. 잔말 말고 나를 따라."

누군가 말릴 새도 없이 누렁이가 기수를 돌려서 쫓기는 동료들을 향해 달리기 시작했다. 왈패들은 누렁이 대장의 뒤를 쫓아서 포수들을 향해 달리기 시작했다.

산 위로 쫓기는 왈패들만 노리고 달리던 포수들은 갑자기 뒤에서 달려드는 왈패들에게 집중사격을 가했다. 혈기와 분노만으로 진로를 바꾼 누렁이의 실수였다. 총알이 빗발쳐서 전진할 수도 없거니와 이미 상당한 타격을 받았다. 누렁이는 진격을 멈췄다. 멈추려고 멈춘 것이 아니라 허스키도 엉덩이에 총탄을 맞은 것이다. 허스키는 고통에 몸부림쳤다. 그뿐만 아니라 누렁이도 얼굴에 총탄을 맞았다. 왈패들은 누렁이 주변으로 모여들었다.

"대장, 진격이 안 됩니다. 후일을 기약합시다."

왈패들은 후퇴하기로 하고, 운주산 동남쪽 고소재를 넘고 노장리 마을 뒷산을 타고 동림산으로 내달렸다.

선두에 선 왈패들은 대부분 동림산에 무사히 도착했다. 정상에 도착해서 진용을 정비하고 동료들의 숫자를 파악했다. 워낙 치열한 전투여서 희생자가 많았다. 반은 탈출로가 막히고, 도망친 나머지 반도 온전치 못했다. 누렁이가 중간에 기수를 돌리고 진격하는 과정에서 희생은 더 커졌다. 모두 긴박한 상황을 거친 터라 헐떡거리며 넋을 잃었다. 추격대들이 금방 따라올 기미는 보이지 않았다. 그들이 다시 정비하고 공격하려면 며칠이 필요할 것이다. 인간들은 형식과 절차를 거쳐야 하는 거북이 종자였다.

반은 탈출에 성공했다고 생각했으나 그게 아니었다. 다음 날 언론에 운주산 전투 기사가 쏟아졌다. 총질하던 포수끼리 문제가 생겼다. 이번 작전은 꿩이나 새를 잡는 것이 아니라서 산탄 총알은 쓰지 않기로 했으나, 말귀를 알아듣지 못한 일부 포수들이 일을 저질렀다. 왈패들의 탈출로를 차단하려는 집중사격 과정에서 산탄 총알이 마구 쏟아졌다. 그 과정에서 포수들끼리 오발탄을 맞고 부상을 당했다. 당장 언론에는 개 잡다가 사람 잡았다는 식의 기사가 쏟아졌다. 제대로 뜻을 전달하지 못한 회장단에게 책임을 묻기로 했으나, 책임을 모면하는 방편일 뿐 누가 산탄 총알을 쓴 것인지 가려내기도 어렵고 수사할 처지도 아니었다.

문제는 포수들만 부상한 것이 아니라 왈패들도 상당한 피해를 입었다는 것이다. 애초에 단발 총알을 맞은 왈패들은 즉사했지만, 산탄 총알을 맞고 살아서 도망친 왈패들도 상태가 심각했다. 포위망을 뚫는 치열한 전투에서 모르고 있던 부상이 안전지대에 와서 비로소 느껴진 것이다. 허스키는 엉덩이에 총알을 맞았고 누렁이는 왼쪽 눈에 산탄 총알을 맞고 피를 흘리고 있었다. 산탄 총알을 맞은 왈패들의 신음이 높아졌다. 총알을 빼내는 수술을 해야 하지만 그저 상처를 핥는 게 고작이었다.

멀리 운주산 소탕 작전에 들어간 포수들의 총소리도 더 거세졌다. 막바지 학살 현장이 처절하게 느껴졌다. 왈패들은 혀를 빼물고 헐떡거렸다. 아무도 말을 잇지 못하는 절망 그 자체였다. 개 농장 철장에서 죽을 날만 기다리던 그때가 다시 떠올랐다.

그래, 우리는 버려졌어.

그렇다고 책임지라고 말하지 않을 거야.

제발, 우리끼리 살게 내버려 둬.

허스키는 더 절망했다. 아무리 찾아도 푸들이 보이지 않았다. 허스키는 푸들의 꾀로 죽기 직전에 목숨을 구하고 탈출에 성공한 공로를 한시도 잊지 않았다. 자신은 선두에 섰기 때문에 허약한 푸들의 안전을 지킬 수 없어서 특별히 불도그에게 부탁했지만, 푸들은 보이지 않았다. 아무도 푸들의 생사를 알지 못했다. 허스키가 불도그에게 책임을 추궁하다가 심하게 싸움이 벌어졌다. 허스키의 푸르스름한 눈동자가 독기를 뿜었다. 늑대의 살벌한 모습 그대로.

"총알이 빗발치는데 나도 내 정신이 아니었어. 모두 안 그래?"

불도그가 너덜너덜한 입술을 씰룩거리며 왈패들에게 동정을 구했다. 보다 못한 누렁이가 끼어들었다.

"그래 맞아. 처음 당하는 일이라 우리 모두 혼이 쏙 빠졌어. 지금 누구를 탓할 때가 아니야. 때를 봐서 푸들을 찾아보자. 아직 희망을 버리지 말고. 사냥꾼들이 물러가면 구조대를 꾸려서 찾아보자."

누렁이의 제안에 모두 고개를 끄덕였다. 왼쪽 눈에 산탄 총알을 맞은 누렁이의 호소는 금방 무리를 진정시켰다.

총소리는 어둠이 내리면서 모두 잦아들었다. 소탕 작전이 끝났다는 신호였다. 산자락 아래 도로에서 포수들의 자동차 불빛이 어디론가 죽 몰려갔다.

허스키는 누렁이의 안내를 받으며 선두에 섰던 불도그, 달마티안, 불테리어, 도사견 등으로 구조대를 꾸리고 밤이 깊어지기를 기다렸다. 부상한 허스키와 누렁이를 구조대에서 빼려고 했지만,

허스키는 우두머리 몫을 하려고 했고, 누렁이는 한쪽 눈만으로도 충분하다는 고집을 아무도 꺾지 못했다. 또한, 길잡이의 역할은 아무도 대신할 수 없었다. 인간들은 어둠이 내리면 맹인과 다름없지만, 왈패들은 달랐다. 왈패들은 밤에 빛나는 등불을 달고 있었다.

왈패들은 야음을 타고 운주산으로 접근했다. 한낮에 요란했던 학살 현장이라고 생각할 수 없을 만큼 적막했다. 먼발치 마을에서 개 짖는 소리가 아스라이 들리기는 했지만 다른 낌새는 전혀 없었다. 왈패들은 누렁이의 길잡이로 운주산 봉우리로 올라갔다. 정상에 오를수록 피비린내가 진동했다. 학살 과정에서 왈패들이 흘린 피비린내가 아직 고스란히 남아 있었다. 탈출 행로의 중간 도막이 잘리고 운주산 정상으로 쫓긴 왈패들은 모두 학살되고 만 것이다. 그래도 마지막 한 가닥 희망을 버리지 않고 왈패들은 샅샅이 수색했지만 아무런 소득이 없었다. 절망으로 모두 힘이 쏙 빠졌다. 철수해야 하는 마지막 순간만 남은 상태였다.

이때, 누렁이는 운주산 정상으로 발걸음을 옮겼다. 왈패들은 말없이 누렁이를 따랐다. 누렁이는 운주산 정상에 있는 바위에 올랐다. 왈패들은 누렁이의 몸짓을 바라보았다.

오후 우

누렁이는 목을 길게 빼고 하울링을 했다. 그걸 신호로 왈패들도 일제히 하울링을 합창했다. 하울링을 밤하늘에 멀리멀리 퍼져

나갔다. 그러나 아무런 반응도 오지 않았다. 누군가 살아 있다면 뛰쳐나오거나 응답하리라는 기대는 무너졌다. 왈패들은 힘없이 꼬리를 늘어트리고 하산하기 시작했다.

그즈음 어둠에서 무언가 어룽대는 그림자가 나타났다. 유령이 춤을 추며 왈패들에게 달려오고 있었다. 푸들이었다. 그가 살아 있었다. 왈패들은 푸들을 둘러싸고 야단법석을 떨었다. 뺨을 핥고, 귀를 핥고, 살을 핥았다. 기쁨에 겨워서 목을 물고 뒹굴기도 했다. 기쁨의 열정이 식을 때까지 한 몸으로 뒹굴었다. 생사의 갈림길에서 벌어진 환희의 세리머니였다.

가쁜 숨을 헐떡이던 푸들이 좀 진정되자 그간의 사정을 얘기했다.

"산 위로 쫓기면서 다들 제정신이 아니었어. 총알이 날아오고 사냥개들이 왈왈대며 쫓아왔으니까. 나는 총알보다도 사냥개가 더 무서웠어. 내 몸뚱이는 그들에게 한 입거리밖에 안 되니까. 그래서 어딘가 숨어야 한다고 생각했어. 바위틈이나 어디든 말이야. 마침 너구리굴이 보였어. 나는 더 도망가기도 어려워서 그리로 들어갔어. 너구리가 쓰다 버린 굴이었어. 나는 최대한으로 굴 깊숙이 들어갔어. 그러나 사냥개들이 냄새를 맡고 굴 앞에서 짖어대기 시작했어. 곧바로 사냥꾼들이 달려와서 굴 안으로 총을 쏘더군. 다행히 너구리굴은 꽤 깊은 데다가 구부러져 있어서 총알을 맞지는 않게 된 거야. 너구리 덕분에 살아난 거야. 너구리는 확실히 우리 우군이야. 우리 사촌쯤 되니까. 포수들이 총을 마구 쏘아대더니 이내 가버렸어. 그리고 산 위로 쫓긴 우리 왈패들이 비명이 들려왔어. 너무나 가슴이 아파서 뛰쳐나가고 싶었어. 뛰쳐나가서 포수들의 사타구니라도 물어뜯고 싶었어."

왈패들은 새로운 근거지 동림산으로 가면서 푸들의 생존기를 감동스럽게 들었다. 다른 동료들을 구하진 못했지만, 왈패들의 일등공신 푸들을 만난 기쁨으로 가벼운 발걸음이었다.

진혼제

푸들을 데리고 동림산에 도착하자 또 한 번 야단법석이 벌어졌다. 누가 먼저랄 것도 없이 산 정상으로 뛰어가서 목을 길게 빼고 하울링을 했다. 산탄 총알을 맞아 앓고 있던 왈패들도 절뚝이며 빠짐없이 참석했다. 하울링은 온 누리에 퍼져나갔다.

오후 우!

기쁨의 환호였다. 그리고 먼저 저세상으로 간 동료들에 대한 진혼곡이기도 했다. 그만큼 푸들은 왈패들의 애간장이기도 했다.

기쁨을 나눈 것도 잠시 모두에게 피로가 몰려왔다. 운주산을 탈출하는 작전은 개농장을 탈출하는 것보다 훨씬 어려운 투쟁이었다. 혼신의 힘을 쏟은 것이다. 왈패들을 길고 긴 하울링을 마치고 산 중턱에 마련된 소굴로 돌아와 모두 곯아떨어졌다.

며칠을 잤는지 모를 정도로 긴 잠에서 깨어났지만, 왈패들은 앞이 보이지 않았다. 인간들이 곧 다시 대오를 정리하고 언제 쳐들어올지도 모르는 데다, 언제까지 여기에서 생존이 보장되는 것이 아니었다. 더 심각한 것은 산탄 총알을 맞은 왈패들의 상처가 더 깊어졌다는 사실이었다. 처음에는 상처를 핥는 것으로 어느 정도 진정이 되었으나 상처가 곪으면서 파리가 꼬이기 시작했다. 허스키는 다리를 절뚝거렸고, 누렁이도 파편을 맞은 왼쪽 눈이 아예 감겨버렸다. 더는 회생이 불가능했다. 하루가 다르게 감염은 깊어졌다. 움직이기 어려워진 것이다. 허스키를 비롯한 왈패들은 진퇴양난에 빠졌다. 그중에서 부상이 심각한 보더콜리가 결단을 내리고 목소리를 높였다.

"나는 이미 틀렸다. 옆구리에 박힌 총알 때문에 움직일 수 없어. 여러분들이나 빨리 여기를 떠나라. 무슨 화가 닥칠지 모른다."

보더콜리의 말이 떨어지기가 무섭게 여기저기에서 '나도 마찬가지'라는 넋두리가 쏟아졌다. 불테리어도 부상 정도가 심각했다. 개농장 뜬장에서 지낼 때부터 티격태격하던 그레이하운드가 보이지 않자 깊은 상심에 빠졌다. 그동안 미운 정 고운 정이 든 것이다. 그뿐만 아니라 자신의 부상 정도도 절망적이었다. 그러나 아무도 움직이지 않았다. 몇 날 며칠의 시간이 흘렀다. 신음이 골짜기에 깊어졌다.

여러 날의 시련에서 왈패들은 등불의 나라를 실감했다. 하나씩 쓰러지는 동료들을 묻고 진혼제를 올렸다. 모두 쓰러지고, 누렁이는 왼쪽 눈을 잃었지만, 부상을 회복했다. 허스키, 달마티안, 불도그, 도사견, 푸들 이렇게 여섯만 남게 되었다. 누렁이와 허스키가 상처를 회복한 것은 무리에게 큰 용기를 주었다.

왈패들은 이제 다시 태어났다. 애완견으로 살던 애완의 시대를 접고 완전한 야생의 몸으로 태어난 것이다. 컹컹 짖던 개들의 삶을 마감하고 하울링으로 의사를 표현하는 늑대의 삶을 찾아가는 것이다. 비문을 활짝 열어서 인간들의 사는 도시와 왈패들이 살아야 하는 등불의 나라를 확실히 구분했다. 그 비문은 더 크고 높은 산으로 왈패들에게 길을 안내했다. 차령산맥의 준령을 찾아 나섰다.

등불의 나라 백성들인 왈패들은 밤에만 이동했다. 인간들이 사는 도시의 불빛을 피해서 산줄기로 이동했다. 이동은 단순한 이동만이 아니라 먹거리를 해결하는 생계수단이기도 했다. 이동하면서 비문으로 고라니나 멧돼지를 추적하고 잡았다. 왈패들은 이제 소수로 전락했지만 노련한 사냥꾼이 되어 생계에 지장이 없었다.

어느 날, 산에서 생소한 일을 겪었다. 낮에 잠을 자고, 어둠이 내려 이동을 시작하려는데 왈패들의 비문에 이상한 냄새가 솔솔 풍겼다. 이상한 냄새가 아니라 아주 익숙한 멧돼지 냄새였다. 누렁이와 왈패들은 누가 먼저랄 것도 없이 냄새의 진원지를 향해 걷기 시작했다. 사냥에 들어서는 여느 때와 달리 긴장감은 덜했지만, 냄새의 진원지를 추적하는 자세는 진지했다. 목을 앞으로 길게 빼고 코를 벌름거리며 앞으로 나갔다. 짐작보다 멧돼지는 훨씬 가까이 있었다.

왈패들은 생전 처음 보는 희한한 장면과 마주쳤다. 덩치가 우람한 멧돼지가 원을 그리며 계속 달리고 있었다. 말뚝에 박힌 올가미 줄을 목에 감은 멧돼지가 원을 그리며 달리고 있었다. 올가미는 점점 더 목을 조이며 파고들었다. 그러나 일구월심 탈출하려는 마음뿐인 멧돼지는 줄기차게 달렸다. 바닥에 무성하게 자랐던 수풀이 납작하게 깔린 동그란 트랙이 만들어졌다. 왈패들이 멧돼지 코앞에 도착해서 빤히 바라보는데도 멧돼지는 끊임없이 달렸다. 달리기만 하면 올가미도 풀리고 왈패들한테도 벗어날 수 있다는 듯이 달렸다. 기록 경쟁이라도 하는 트랙경기 선수처럼 달렸다. 그러나 골인 지점을 통과하면 지쳐서 쓰러지는 선수처럼 갑자기 쓰러져서 헐떡이다가 숨을 거두고 말았다. 올가미로 쓰인 와이어가 멧돼지의 목을 파고들어 동맥이 끊어지고 선혈이 낭자하게 쏟아졌다. 왈패들은 거저 주어진 식사를 마다하지 않았다. 오랜만에 안심하고 실컷 먹을 수 있는 식사였다.

식사를 마치고 서로의 주둥이에 묻은 피 칠갑을 닦아주면서 여유를 즐기는데 사려 깊은 푸들이 색다른 의견을 냈다.

진혼제

"우리가 공짜 저녁을 먹기는 했지만, 마냥 즐길 일은 아닙니다. 짐승을 잡기 위해 인간들이 산에 올가미를 놓은 것입니다. 따라서 이 등불의 나라 산도 결코 안전한 곳이 아닙니다. 우리가 이올가미에 걸리지 말라는 법이 없으니까요."

푸들의 진단에 모두 고개를 주억거렸다. 인간들은 호모하빌리스 이래 예민한 손으로 올가미 매듭을 만들고 풀 수 있지만, 짐승들은 그게 불가능했다. 왈패들은 밤에 산으로만 이동하면 안전할 것으로 생각했지만 갑자기 장애물을 만난 것이다. 올가미나 덫은 아주 교묘해서 아무도 눈치챌 수 없었다. 그러나 한 번 걸려들면 빠져나올 수 없는 수렁. 왈패들은 많은 얘기를 주고받았지만, 실효성 있는 대책이 나오지 않았다. 산 아래 농로를 이용하자는 얘기도 나오고 산등성이를 타자는 얘기도 나왔으나, 모두 공감하지는 못했다. 왈패들의 비문은 인간들이 쉽게 범접할 수 없는 더 높은 산이 있는 동쪽 백두대간을 향하고 있으나, 먼저 눈앞의 장애물을 넘어야만 하는 것이다.

이즈음에 누렁이가 자신의 경험을 더듬어서 그럴듯한 대안을 내놓았다.

"산에는 인간들이 모두 발목을 디밀고 들어와. 몸이 튼튼해지려고 등산을 하기도 하고, 별별 산나물이나 약초를 캐려고 산에 오지. 그래서 그들이 다니는 등산로나 오솔길이라는 게 있어. 거기는 낙엽이나 잡초가 밟혀서 반반해. 오르막에는 계단도 만들어져 있고. 우리는 그 길로 다니면 돼. 그런 데는 올가미가 없으니까. 인간들은 짐승을 잡으려고 눈에 불을 켜고 다니잖아."

누렁이의 통찰에 모두 감탄하면서 공감했다. 인간들의 위협을 벗어나기 위해서 인간들의 길을 이용하는 아이러니를 택한 것이다. 인간들의 등산로를 찾기는 쉬웠다. 거기에는 무수한 냄새의 통로이기도 했다.

인간들은 자신의 몸에 여러 가지 화장품을 바르고 다닌다. 그런 화장품 냄새 말고도 자신들이 먹는 음식에도 수많은 향신료를 쓰고 있어서, 인간들의 몸에는 수없이 많은 향내를 풍겼다. 또한, 종교적인 행사에 신비감을 더하려고 몸 바쳐서 향신료를 구했다.

그 덕분에 왈패들은 인간들의 길을 찾아내는 데 아주 쉬운 냄새를 얻게 된 것이다. 왈패들은 등산로를 이용하면서 올가미의 공포에서 벗어나고 걷기에도 한결 수월했으나, 인간들이 찾아오는 낮에 안전한 잠자리를 마련하는 게 문제였다. 등산로에서 너무 가까우면 인간들이 끌고 다니는 애완견들이 냄새를 맡고 짖어대면 안전에 문제가 생길 수 있었다. 등산로에서 너무 멀리 떨어지면 올가미의 공포에 시달려야 했다.

미호천을 따라서

그런데 인간들이 다니는 등산로를 따라가다 보니까 산은 끝나고 마을이 나타났다. 왈패들이 올가미에 혼이 빠져서 그만 비문에 오작동을 일으킨 것이다. 왈패들은 산으로 되돌아갈 수 없어서 우뚝 멈추었다. 아직 어둠이 가시지 않았지만 머지않아 먼동이 틀 무렵이었다. 어렴풋이 마을 풍경이 실루엣으로 보였다. 모두 망설이고 있었다. 누렁이도 어디로 가야 할지 갈피를 잡지 못했다. 누렁이는 왈패들을 바라보며 어디로 가나 하는 표정이었다. 그러나 누렁이도 자신이 살던 수랑골에서 너무 멀리 떠나와서 길잡이 노릇을 할 수 없었다. 오히려 두렵기까지 했다. 집을 떠나 이네들과 만난 것이 후회스럽기도 했다. 할머니 생각이 나기도 했다. 허스키가 다그쳤다.

"누렁아, 우리 어디로 가야 하냐?"

그러나 누렁이는 꼬리를 사타구니에 감고 낑낑거렸다. 올가미가 있는 산으로 돌아갈 수도 없고, 마을을 지나 어디로 가야 할지 감이 잡히지 않았다. 아무도 대안을 내놓지 못할 때 푸들이 나섰다.

"우리가 온 길로 되돌아갈 수는 없으니 마을 앞에 흐르는 하천으로 가봅시다. 몸을 감출 수 있는 데로."

모두 망설이고 있다가 누가 먼저랄 것도 없이 마을을 가로질러 달렸다. 고샅을 벗어나자 작은 하천이 나타났다. 하천에는 수풀이 무성하게 자라는 곳도 있고, 수로가 가끔 보여서 몸을 감추기에 지장이 없었다. 모두 마음이 진정되었다. 그 하천을 따라 한참 내려가자 더 큰 하천이 나타났다. 미호천이었다.

미호천의 넓은 하천부지에는 수풀이 우거져 있었다. 예전에는 하천부지를 농민들이 모두 경작했으나, 어느 때부터 경작하지 않고 버려두면서 수풀이 우거졌다. 물가에는 버드나무나 아카시아가 자리를 잡고 제법 큰 그늘을 만들고 있었다. 뽕나무나 찔레나무 같은 관목도 더부룩하게 자라서 그 안에 뭐가 있는지 밖에서는 아무것도 보이지 않았다. 거기에다 온갖 잡초들이 빼곡히 들어차서 수풀을 이루었다.

산에는 키 큰 나무들이 들어차서 지표면에 잡풀이 우거지지 않는다. 나무들이 햇빛을 가로막고 있어서 자양분을 만들 수 없기 때문이다. 그러나 하천부지는 다르다. 나무가 드문드문 자라기는 하지만 대부분 관목 수준의 키 작은 나무들이기 때문에 햇빛을 받고 잡초들이 무성하게 자랄 수 있는 여건이 되는 것이다. 판판한 밭이나 마찬가지라 햇빛을 받는 시간도 산자락보다 길고 일조량도 풍부하다. 또한, 하천 토양은 홍수에 실려 온 기름진 유기물이 쌓여서 비옥했다.

잡초들도 나름의 질서가 있어서 초봄에는 키 작은 냉이, 벌금자리, 민들레, 둑새풀, 뱀딸기, 쇠뜨기, 씀바귀 등이 먼저 잎이 나고 꽃을 피운다. 그런 다음 쑥, 개비름, 명아주, 까마중, 강아지풀, 개망초, 엉겅퀴, 달맞이꽃이 자라고, 환삼덩굴 같은 덩굴식물이 줄기를 타고 오른다. 말하자면 키 순서대로 햇빛을 골고루 나누는 것이다.

문제는 토착화되어 가는 외래식물이 급격히 늘어나고 있다는 사실이다. 전동싸리, 도깨비가지, 서양등골나물, 자라공, 미국쑥부쟁이 등 삼백여 종이 퍼졌다고 한다. 그중에서 가시박이 가장 심각한 피해를 일으킨다. 주로 물가에서 번성하면서, 줄기가 나무를 타고 올라서 잎으로 뒤덮어버린다. 나무의 목을 졸라서 질식시키는 것이나 다름없다.

하천부지의 생태환경에 따라 비슷하지만 다른 종자들이 자란다. 습지나 물가에는 갈대가 자라고 상대적으로 건조한 제방 쪽에는 억새가 자란다. 갈대는 꽃술 모가지 숱이 더부룩하고, 억새는 하늘하늘하게 가을바람에 나부낀다. 초봄에 새싹이 자랄 때는 잎이 부드럽고 순해서 풀만먹는짐승들이 좋아하는 먹이가 된다. 그래서 고라니 같은 풀만먹는짐승들은 하천부지로 모여든다. 고라니를 물사슴(water deer)이라고도 부르는 이유이기도 하다. 물을 좋아하는 게 아니라 물가에 자라는 연한 풀을 좋아하는 것이다.

새매, 참수리, 쇠부엉이 등도 눈에 뜨이는 것으로 봐서 쥐와 토끼 같은 설치류도 당연히 살고 있을 것으로 보인다.

그런 면에서 왈패들은 하천부지가 산보다 더 안전하게 느껴졌다. 주변은 수풀로 뒤덮여 있어서 숨기에 안성맞춤이었다. 올가미의 공포도 없었다. 이미 날이 밝아오고 있어서 서둘러 잠자리를 마련해야 했다. 왈패들은 버드나무 그늘로 들어섰다. 그런데 그 버드나무 아래에서 잠을 자던 고라니가 화들짝 놀라서 물로 뛰어들어 도망치고 있었다. 왈패들은 어제 올가미에 걸린 멧돼지를 든든히 먹은 뒤라 사냥 욕심을 내지 않았지만 내심 미소를 지었다.

여기에도 저런 먹거리가 있네!

왈패들은 고라니가 물로 뛰어들어 첨벙첨벙 달아나는 걸 보면서 잠자리를 찾았다. 가시박이 버드나무의 목을 조르는 그늘에서 왈패들은 잠이 들었다. 버드나무는 무엇이 자신의 목을 조르는지도 모르고 태연히 버티고 있었다. 우리는 때때로 무엇이 자신의 목을 조르고 있는지도 모르고 있다. 숨이 막힐 무렵에야 그 실체를 깨닫기도 한다.

시원한 버드나무 그늘에서 늘어지게 낮잠을 잔 왈패들은 서서히 출동 채비를 시작했다. 비문을 활짝 열어서 가야 할 방향을 가늠했다. 미호천은 동쪽으로 쭉 뻗어 있어서 하천을 따라 달리기만 하면 백두대간에 가까이 갈 수 있는 지름길이 되었다. 그리고 어제 고라니가 물로 도망쳤던 장면을 떠올리고 그럴듯한 진용을 짰다. 하천을 그냥 따라가기만 하는 게 아니라 먹거리도 해결하기로 했다.

하천부지는 꽤 넓었다. 그래서 그 안에 있는 먹거리를 탐색하려면 길게 가로로 늘어서서 달려야 하지만, 어제처럼 고라니가 미리 눈치채고 달아나지 못하도록 그물 모양을 만들기로 했다. 물가 맨 앞에는 누렁이가 맡고, 제방 쪽에는 허스키가 나섰다. U자 모양 맨 뒤에는 불도그가 푸들을 데리고 퇴로를 막고, 누렁이와 불도그 사이에 달마티안이 자리하고, 허스키와 불도그 사이에는 도사견이 배치되었다. 말하자면 U자형 저인망 그물이 만들어진 것이다.

예상대로 그물망 안에서 금방 반응이 왔다. 하천부지 한가운데를 달리던 불도그가 뭔가를 발견하고 으르렁거리는 소리를 내자 왈패들이 그 소리의 진원지를 감싸듯 포위망을 좁혔다. 뭔가 걸려든 게 확실했다. 그물망을 좁히자 그 실체가 드러났다. 완전히 포위되어 도망칠 수 없게 된 너구리는 터럭을 세우고 이빨을 드러내면서 으르렁거렸다. 짐승들의 고음은 짝이나 동료들을 부르는 소리이고, 으르릉거리는 저음은 싸움에 돌입한다는 신호이다.

　모든 짐승은 싸움을 벌이기 전에 자신의 몸피를 한껏 부풀린다. 자신이 만만한 상대가 아니라는 것을 시각적으로 보여주기 위한 것이다. 닭이나 새들도 목덜미 깃털을 세우고 날개를 펼쳐서 부풀린다. 이는 다른 짐승들도 마찬가지다. 너구리처럼 왈패들도 목덜미 터럭을 세우고 자신들의 몸피를 한껏 부풀리며 이빨을 드러냈다.

　마사이족은 화려한 의상에 긴 창을 들고 펄쩍펄쩍 뛰어오르는 춤을 춘다. 이는 자신의 몸매를 맘껏 부풀려서 맹수나 다른 부족들을 제압하려는 동작이다. 야생에서 사자가 대형 포유류를 사냥해서 먹고 있을 때, 마사이족 서너 명이 긴 창을 들고 나타나면 사자들도 겁을 먹고 모두 도망친다. 백수의 왕인 사자가 이런 꼴을 보이는 것은 마사이족이 평소 춤사위로 매우 위협적인 존재임을 각인시킨 증거가 아닐까. 긴 창을 들고 펄쩍펄쩍 뛰어오르는 모습은 도깨비가 가시 방망이를 들고 망나니 춤을 추는 것으로 보였을 것이다.

　왈패들도 목덜미의 터럭을 세우고 살기를 띤 눈빛으로 너구리를 덮치려는 순간. 푸들이 소리쳤다.

　"쟤는 잡지 마. 운주산에서 내가 쟤네 굴 때문에 살았잖아. 쟤는 우리 친척이기도 해."

왈패들은 푸들의 말대로 곧바로 포위망을 풀었다. 너구리는 꼬리를 사타구니에 감고 재빨리 도망쳤다. 왈패들은 같은 갯과인 너구리를 먹기도 꺼림칙하거니와 사냥 과정에서 혹시 모를 부상을 염려해야 했다. 그래서 고기먹는짐승끼리는 영역 다툼은 하지만 웬만해서 싸우지도 않고 먹지도 않는다. 목숨을 건 싸움에서는 필연적으로 부상할 수밖에 없게 된다. 고기먹는짐승들은 죽임을 당할 때 자신의 이빨을 가만두지 않고 같이 물고 늘어진다.

아무튼, 왈패들이 구상한 U자형 그물망은 효과적임이 입증되었다. 그 그물망 안에는 삵도 나타나고 토끼도 나타났지만 사냥하지 않았다. 토끼는 간식거리로 요긴하지만, 재빨리 포위망을 뚫고 달아나서 포기하고 말았다. 쫓아가면 얼마든지 잡을 수 있지만 작은 먹거리에 진을 빼기는 싫었다. 누렁이가 물가에서 수상한 냄새를 맡고 수색을 해본 결과 그리 탐탁하지 않은 종자도 보였다. 수달이 버드나무 밑에 굴을 파고 살고 있었다. 하천부지는 매우 부드러운 사질 토양이라 굴을 파기가 어렵지만, 버드나무나 갈대밭 밑에는 뿌리가 널리 퍼져서 지지대 역할을 하기 때문에 굴을 팔 수 있다. 아무튼, 수달도 고기먹는짐승이라 왈패들은 사냥을 포기했다.

얼마를 달리자 하천부지가 오그라들었다. 수풀이 끝나고 제방 옆으로 자전거도로로만 보였다. 그러나 물 건너 반대편에는 다시 넓은 하천부지가 펼쳐져 있었다. 물줄기가 굽이쳐서 맞닥치는 지점은 침식이 일어나서 깎이고, 반대쪽에는 퇴적토가 쌓여서 넓은 하천부지가 만들어진 것이다.

왈패들은 물을 건너 반대편 쪽으로 자리를 옮기기로 했다. 물을 건너는 건 그리 어렵지 않았다. 미호천은 물이 깊지 않았다. 하천 가운데는 헤엄을 칠 만큼 깊은 곳이 있기는 하지만, 그 구간은 그리 길지 않아서 첨벙첨벙 물을 건널 수 있었다. 푸들도 짧은 다리에도 불구하고 너끈히 하천을 건넜다. 건너편 수풀도 특별히 다르지 않고 낯설지 않았다. 다시 날이 밝아져서 버드나무 그늘에서 낮잠을 잤다.

왈패들은 밤이 되자 다시 깨어나서 행군을 시작했다. 물을 건너기 전에 짰던 대형을 그대로 유지했다. 행군을 계속하다 누렁이가 다시 실수했다. 어제처럼 고라니가 물로 뛰어들어 도망치게 한 것이다.

고라니가 물로 뛰어들어 도망칠 때, 이번에는 누렁이도 용기를 내어 함께 물에 뛰어들었다. 그러나 사슴과와는 다른 갯과의 신체적 한계 때문에 눈앞에서 고라니를 놓치고 말았다. 물이 깊은 헤엄치는 구간에서 승패가 갈리고 만 것이다. 누렁이도 헤엄치기에 문제가 없었으나, 다리가 긴 고라니는 헤엄치는 구간이 짧고 긴 다리로 물을 첨벙첨벙 건너서 도망쳤다. 물을 차고 달리는 속도는 헤엄치는 속도보다 빠를 수밖에 없다. 이처럼 사냥은 촌각을 다투는 게임이었다.

시베리아나 알래스카에서 겨울이 가고 봄이 오면 늑대들이 본격적인 사냥에 나선다. 넓은 초원에는 늑대들이 먹을 만한 순록이나 말코손바닥사슴 같은 대형 풀만먹는짐승들이 널려 있다. 늑대들은 사냥 목표를 정하면 무조건 달린다. 달리다 보면 사슴 집단에는 뒤처지는 허약한 개체를 찾아낼 수 있다. 일단 목표가 정해지면 이어달리기 형식으로 한 마리만 쫓아 달린다. 궁지에 몰린 사슴은 최후의 보루를 찾는다.

긴 겨울이 가고 봄이 오면 산과 들에서 눈 녹은 물이 꽤 깊은 하천을 이루고 흐른다. 쫓기는 사슴은 가슴까지 차오르는 하천으로 뛰어든다. 사슴은 다리가 길어서 하천 한가운데 서 있을 수 있지만, 늑대들은 헤엄 아니면 접근할 수 없게 되는 것이다. 설사 헤엄으로 사슴에게 접근한다 하더라도 사슴의 발차기 한 방에 나가떨어지게 마련이다. 그래서 물 가운데 있는 사슴을 어쩌지 못하고 늑대들은 하천 언덕에서 침만 흘리고 만다. 신체 조건이라는 작은 요건이 생존을 좌우하는 것이다.

애써 추격하면 따라잡을 수는 있지만, 고라니가 제방을 넘어서 도망갔기 때문에 포기했다. 거기에는 어떤 위험이 도사리고 있는지 알 수 없었다. 바이러스에 감염된 인간들이 사는 마을과 도시로 가고 싶지 않았다.

뒤에 따라오던 달마티안이 누렁이에게 거침없는 제안을 했다.

"대장, 나는 다리가 길어서 물로 뛰어드는 고라니를 얼마든지 잡을 수 있습니다. 내가 물가 맨 앞에서 달리겠습니다."

누렁이는 조금 무안했지만 그게 좋겠다고 동의를 하고 기꺼이 자리를 내주었다. 달마티안은 앞장서서 기분 좋게 달렸다. 달마티안은 수천 년 동안 집시 마차를 따라 유랑하던 습성대로 늘 낙관적이었고, 늘씬하게 뻗은 몸매만큼 거침이 없었다.

달마티안은 고라니 추격 과정에서 고라니가 물로 도망치지 못하도록 해야 한다는 사실을 절실히 깨달았다. 고라니가 물가에 주로 진을 친다는 사실도 목격한 것이다. 달마티안은 조심스럽게 물가를 탐색했다. 고라니가 물로 도망치지 못하도록 하천부지 안쪽으로 몰아가기만 하면 사냥의 반은 성공하는 셈이 된다. 하천부지 안쪽에서는 왈패들의 U자형 저인망이 금방 에워쌀 수 있기 때문이다. 하천으로 뛰어드는 고라니는 달마티안이 책임지기로 해서 안심이 되었다.

여러 경우를 대비한 끝에 드디어 고라니를 잡았다. 누렁이와 달마티안의 협동으로 고라니를 저인망 안으로 몰아넣었다. 왈패들은 고라니 한 마리로 사나흘을 너끈히 견딜 수 있었다.

그렇게 왈패들은 낮에는 자고 밤에는 미호천을 따라 거슬러 올라가면서 먹거리를 해결했다. 인간들의 간섭이 없어서 아주 안전하고 평화로운 나날이었다. 하천의 풀숲에서 무슨 일이 벌어지는지 아무도 알 수 없었다. 왈패들이 휩쓸고 간 하천부지는 아무

일도 없다는 듯이 바람결에 야생화만 일렁였다.

수풀에는 수많은 곤충류가 저마다의 생존 방식으로 우글거리는데 겉으로는 잘 보이지 않는다. 땅에는 개미가 인간들의 도로보다 더 촘촘하게 길을 내고 다니고, 그 길목마다 개미귀신이 함정을 파고 도사리고 있다. 그리고 바람이 지나는 나무와 수풀 사이에는 거미들이 분주하게 꽁무니에서 실을 뽑아서 거미줄을 친다. 거미는 바람의 길을 알고 있다. 겉으로 보기에는 잠잠하지만 저마다 살아가는 방식은 치열한 것이다. 미국에서는 거미줄의 끈끈한 성질을 이용해 결혼식장을 화려하게 수놓은 일도 있었다고 한다. 수많은 거미를 풀어서 결혼식장을 거미줄투성이로 만들고, 거기에 금가루를 뿌려서 식장을 장식했다니…….

거미는 핑크빛 외양을 하고 꽃잎인 척 앉아 있다가 벌과 나비를 사냥하거나, 물속에 공기 방울 집을 만들고 거기에 웅크리고 있다가 수생곤충 같은 먹이를 노리기도 한다. 방울 속 산소 농도가 낮아지면 부상해서 새로운 방울을 만든다. 거미줄을 길게 늘어뜨려서 바람을 타고 수천 미터 상공까지 날아오르는 거미도 있단다. 아무튼, 거미가 거미줄을 치려면 나뭇가지와 나뭇가지, 풀줄기와 풀줄기에 일차로 길잡이 줄을 매는 것이 터를 닦는 것이기도 하다. 면벽 등산을 한다든지, 성벽을 타기 위해 갈고리가 달린 밧줄을 던져서 줄을 탈 수 있는 근거를 마련하는 것과 마찬가지이다.

갈고리 던지기 거미줄은 거미가 꽁무니의 거미줄을 바람의 속도와 방향에 맞춰서 스파이더맨처럼 던지는 것으로 알려져 있다. 그러나 바람이 안 불 때라든지, 나뭇가지 사이가 넓어서 갈고리 밧줄 던지기가 맘대로 되지 않을 때도 있다. 이때에는 그야말로 몸으로 때우는 방식이 있다. 거미가 나뭇가지에서 꽁무니에 거미줄을 달고 땅바닥으로 내려와서, 자신이 거미줄 갈고리를 던지려는 방향의 반대쪽에 있는 나무를 타고 오른다. 이런 땅바닥 잠행은 죽음의 덫을 건너는 것과 다름이 없다. 땅에는 사마귀 같은 곤충이나 벌레 저격수가 눈에 불을 켜고 있기 때문이다. 땅바닥을 건너 반대쪽 나무를 타고 오른 거미는 맨 처음 거미줄을 붙여놓은 나뭇가지와 수평이 되는 지점에 이르러 끌고 온 거미줄을 잡아당겨서 팽팽한 밧줄을 만든다. 그 첫 수평 밧줄을 기초로 수많은 씨줄과 날줄의 거미줄을 방사형으로 펼쳐간다. 거미줄 망도 사각형이나 육각형 등 여러 문양을 그려낸다.

거미는 종에 따라 다양한 능력을 보유하고 있다. 거미줄을 쳐서 먹이를 잡는 종이 그렇지 않은 종보다 좀 더 진화한 종이라고 한다. 거미줄에는 잠자리나 메뚜기 같은 곤충들이 주로 걸리지만, 참새가 걸려서 파닥거리는 장면도 목격되었다. 거미줄에 칭칭 감긴 참새가 어떻게 해서라도 도망치려고 날개를 펄럭거려도 도무지 거미줄에서 벗어나지 못하고 버드나무에 대롱거렸다.

키가 큰 달마티안이 벌떡 뛰어올라 덥석 한입에 물었다. 너무

작은 먹거리라 아무도 달마티안이 참새를 통째로 먹어치운 것을
두고 나무라지 않았다. 참새는 한 입 거리도 되지 않아서 달마티
안은 괜히 먹었다는 투로 참새 깃털을 뱉어내기에 바빴다.

남한강을 건너

달리면 달릴수록 미호천 하천부지는 좁아졌다. 사라진 하천부지 한가운데로 얕은 물살이 흐르고, 물길 옆으로 모래톱과 자갈이 깔린 실개천이었다. 왈패들은 몸을 감출 수가 없게 되었다. 그래서 낮에는 후미진 수로에서 잠을 자고 밤에는 좁은 실개천을 따라 달렸다. 왈패들은 자신들이 모두 노출되는 이런 곳은 매우 위험하다고 생각하고 하루빨리 벗어나려고 밤마다 달렸다. 하천이 점점 작아지더니 그 앞에 큼지막한 산이 나타났다. 참으로 오랜만에 산을 맞았다. 그 산 아래에 작은 마을이 있었다. 실개천은 마을 한가운데를 가로지르고 있었다. 왈패들은 마을을 거들떠보지도 않고 실개천 물길을 따라 달렸다.

왈패들은 미호천 발원지 골짜기로 깊숙이 들어갔다. 날이 훤히 밝아왔다. 왈패들에게는 안전을 확보하는 게 최우선이었다. 그런데 산 중턱에 이르러 낯선 개들을 만났다. 오랜만에 처음으로 만난 동료들이었다. 그 개들은 왈패들을 보고 마구 짖어댔다. 꼬리를 크게 흔들면서 짖어댔다. 왈패들은 잔뜩 겁을 먹었다. 한시 바삐 근거지를 마련하고 몸을 숨겨야 하는데 낯선 곳에서 소동이 벌어진 것이다. 십여 마리의 개들이 왈패들의 길을 가로막았다. 그러나 그리 위협적이지는 않았다. 십여 마리 중에 반은 어린 강아지들이고 나머지도 자잘한 잡종들이었다. 왈패들의 당당한 체구에 비할 바가 아니었다. 왈패들은 터럭을 세우고 목을 낮춰서 이빨을 드러내고 전투 자세로 접근하자, 그들은 금방 꼬리를 내리고 뒤로 도망갔다. 강아지들은 가까이에 있는 찔레나무 밑의 굴로 도망치고, 나머지 어미들도 굴 앞에 진을 쳤다. 여차하면 굴속으로 모두 도망칠 태세였다.

개들은 흥분하면 꼬리를 크게 흔든다. 크고 빨리 흔들수록 흥분도가 높다는 걸 말해준다. 자신만만할 때는 꼬리를 높이 치켜들고, 좀 주눅이 들면 꼬리를 낮게 흔든다. 흥분이 가라앉으면 앉거나 눕는다. 주목하고 싶지 않으면 얼굴을 돌리고 외면한다.

그들은 근처 동네에서 버려진 개들이었다. 시골에는 여기저기 빈집이 늘어났다. 노인 혼자 살다가 돌아가시면 폐가가 되는 것이다. 대개 노인들도 외로움을 달래기 위해 개 한 마리 정도 키우게 되는데, 노인이 돌아가시면 그 집 개는 영영 고아가 되어 떠돌다가 뜻하지 않게 유기견이 되는 것이다. 그런 개들이 하나둘 모여 집단을 이룬 것이다. 그리고 산으로 올라와서 찔레나무 밑에 굴을 파고 근거지를 마련했다. 그들도 나름 짝짓기를 하고 새끼를 낳았다. 왈패들은 그들을 보고 운주산 시절을 떠올렸다. 그들은 밤에 마을로 내려가서 쓰레기통을 뒤지거나 닭을 잡아먹으며 도둑질을 할 것이다. 그들은 터럭도 매끄럽지 못하고 비루먹은 상태였다. 먹이를 제대로 먹지 못해서 굶주린 듯이 추레했다. 저런 꼴로는 마을이나 얼쩡거릴 뿐 고라니 같은 먹거리는 엄두도 내지 못할 게 분명했다.

진상을 파악한 누렁이가 전투 자세를 풀고 한 걸음 물러나서 말했다.

"너희들 저 밑에서 왔구나?"

그들은 아직 경계를 풀지 않고 꼬리를 사타구니에 감고 왈왈 댔다.

"그렇다, 왜? 여기는 우리 동네야. 니들은 여기서 빨리 꺼져라. 아니면 마구 짖어서 시끄럽게 할 거야."

누렁이는 운주산을 떠올렸다. 시끄럽게 해서는 안 된다고 생각했다. 누렁이가 허스키에게 빨리 여길 떠나자고 눈짓을 했다. 그래서 그들을 달래기로 했다.

"걱정하지 마. 우리는 여기에 살려고 온 게 아니야. 산꼭대기로 가서 낮잠 조끔 자고 바로 떠날 거야."

누렁이의 차근차근한 언질에 그네들은 금방 경계심을 낮추고 호기심을 보였다.

"어디로 가는데?"

"엄청 높고 가파른 산꼭대기로."

"그런 데서 뭘 먹고 살아?"

"맛있는 게 많아. 고라니나 멧돼지도 있고."

그들의 놀란 눈이 휘둥그레졌다.

"그런 걸 어떻게 잡아?"

"모두 붙잡는 구멍이 있지."

누렁이는 그런 말을 던지고 자신의 뒤에 있는 왈패들에게 고개를 돌렸다. 동네 개들은 왈패들의 당당한 몸매를 보고 금방 기가 죽었다. 누렁이가 그들의 맘을 떠보기 위해 뜬금없는 제안을 했다.

"너희들, 우리랑 하냥 가지 않을래?"

누렁이의 갑작스러운 제안에 동네 개들은 웅성거리다 다시 왈왈 짖어대기 시작했다.

"싫어. 우리는 여기가 좋아."

그들은 평생 이 동네만 살아와서 떠난다는 생각은 꿈에도 없었다. 그들은 떠나자는 말에 겁부터 먹었다. 그들의 심정을 읽은 누렁이가 양해를 구했다.

"그려? 그럼 우리는 높은 산꼭대기로 올라가서 낮잠 좀 자고 바로 떠날게."

"왜 거기로 가?"

"산꼭대기서 앞을 내다보고 내일 어디로 갈 것인지 가늠하려고. 너희들이 우리를 자꾸 꺼리잖아."

이제 더는 말이 오고 가지 않았다. 서로의 마음을 알고 무덤덤한 사이가 된 것이다. 왈패들은 시끄럽지 않게 된 것을 다행으로 여기고 산을 오르기 시작했다. 왈패들이 떠나자, 겁을 먹고 굴속으로 도망쳤던 강아지들도 모두 나와서 호기심 어린 눈으로 왈패들의 뒷모습을 멍하게 바라봤다.

누렁이는 천천히 산을 오르며 혼잣말로 중얼거렸다.

"치리기들이네."

왈패들은 그들을 뒤로하고 산을 올랐다. 미호천은 이제 골짜기의 작은 물줄기로 변하더니 점점 희미해졌다. 그 산은 꽤 높았다. 근처에서 가장 높은 망이산이었다. 정상에 오른 왈패들은 눈앞에 펼쳐진 광경을 보고 소스라치게 놀랐다. 거기도 산성이었다. 흙과 돌로 쌓은 성벽이 허물어진 채로 아득한 세월을 일러주었다. 고구려 때부터 있던 망이산성이라고 했다. 왈패들은 감회에 젖었다. 산성이라는 게 서로 죽고 죽이는 전쟁터라 소름이 끼쳤다. 주류산성의 악몽이 되살아나지 않도록 머리를 흔들었다. 그나마 동네 개들을 달래서 시끄럽지 않게 된 것을 다행으로 여겼다. 높은 성터에 올라 멀리 앞을 내다보았다. 끝없이 올망졸망한 산과 산이 이어지고 겹쳐졌다. 왈패들은 먼저 아늑한 성벽 밑에 잠자리를 마련했다.

　산은 산으로 이어지다 마을이 나타나기도 했다. 왈패들은 그간의 경험을 살려 산을 넘고 마을을 지나서 동쪽으로 계속 달려갔다. 왈패들의 비문에 백두대간의 고산준령 냄새를 잃지 않았다. 그런데 커다란 장애물이 나타났다. 동쪽 백두대간의 더 높은 산으로 가기 위해서는 강을 건너야만 했다. 한 번도 보지 못한 깊고 푸른 남한강이 가로막고 있었다. 강은 깊은 골짜기를 이루며 시퍼렇게 흘렀다. 강변에는 집들이 들어서서 숨을 곳도 마땅치 않았다. 왈패들은 강변을 따라 걸으면서 도강 지점을 찾았다. 캄캄한 밤이었으나 강물은 윤슬로 출렁이면서 흘렀다.

　왈패들은 탄금대에 이르렀다. 그곳은 옛날부터 남한강을 건너는 나루터였다. 왈패들은 탄금대 강가의 숲에 숨어서 밤을 기다렸다. 이 강을 건너야만 백두대간에 들어설 수 있다는 절박함이 있었다. 그러나 탄금대 강나루는 깊고 넓었다. 노출되는 위험으로부터 하루빨리 벗어나고 싶었다.

　왈패들은 겉으로 보기에 강폭이 좁은 지점을 선택하면 빨리 강을 건널 수 있을 것으로 생각했다. 이런 경험이 없는 왈패들은 모두 같은 생각으로 도강 지점에 다가섰다. 그러나 아무도 선뜻 강물로 뛰어들지 않았다. 강물에 발을 담그지도 않고 코를 벌름거리면서 쭈뼛거렸다. 이번에도 누렁이가 앞장설 수밖에 없었다. 누렁이도 겁이 났지만, 눈을 질끈 감고 강물로 뛰어들었다. 그러나 그것은 잘못된 선택이었다. 물살이 생각보다 빨라서 강을 건너가기는커녕 물살에 떠밀려 마냥 떠내려가기만 했다. 대장 누렁이가 떠내려가서 실종될 위기를 맞은 것이다. 왈패들은 강가에서 떠내려가는 누렁이를 따라가며 울부짖었다. 그러나 누렁이는 좀처럼 물살을 이기지 못하고 마냥 떠내려갔다. 왈패들은 강변에서 누렁이를 따라가면서 울부짖는 짓거리 말고 다른 도리가 없었다. 물살을 따라 마냥 떠내려가던 누렁이가 왈패들이 있는 강가로 가까이 다가왔다. 소용돌이가 생겨서 물살이 순해지고 누렁이가 네 다리로 부지런히 헤엄을 치자 강가로 접근할 수 있었다. 누렁이는 기를 쓰고 헤엄을 쳐서 강기슭에 발을 디뎠다. 드디어 살아난 것이다. 누렁이는 물이 주르르 흐르는 몸을 부르르 떨어서 물기를 털고 지친 몸으로 왈패들과 다시 만났다. 왈패들은 서로 몸을 비비고 재회의 기쁨을 나누면서 강가를 떠나 숲속으로 몸을 숨겼다.

남한강을 건넌다는 게 만만한 일이 아니었다. 왈패들은 강가에서 철수해서 숲에 몸을 숨기고 휴식을 취했다. 무엇이 잘못되어 위험에 빠졌는지 되짚어보았다.

모든 짐승은 헤엄칠 줄을 안다. 목을 길게 빼서 호흡기를 드러내고 네 발로 걷는 동작을 되풀이하는 것이다. 그러나 남한강의 물살은 감당하기 어려울 만큼 거세서 앞으로 나가지 못하고 떠내려가기만 했다. 잠자코 상황을 살피던 달마티안이 벌떡 일어나서 자신의 견해를 밝혔다.

"우리가 도강 지점을 잘못 짚은 겁니다. 우리는 그저 강폭이 좁은 곳을 택하면 빨리 강을 건널 수 있을 것으로 생각했습니다. 그러나 이는 잘못된 판단입니다. 강폭이 좁을수록 물살이 빠르기에 강을 건너지 못하고 떠내려갈 수밖에 없었던 것입니다. 따라서 강폭이 좁은 곳이 아니라 강폭이 가장 넓은 곳을 선택해서 건너야 합니다. 그 지점은 물살이 약하기 때문에 푸들 같은 조무래기도 문제없이 건널 수 있을 것입니다."

낙관적인 달마티안의 견해에 모두 동의하면서도 허스키가 타박했다.

"푸들을 조무래기라고 업신여기면 안 되지. 쟤가 비록 몸은 저래도 우리에게 자유를 찾아준 은인이라는 걸 한시도 잊으면 안 돼."

허스키의 일갈에 모두 '맞아 맞아'를 연발하자 달마티안이 머쓱해졌다. 달마티안은 자신의 의도가 그런 게 아니었다고 변명을 하고 다시 그 도강 지점을 놓고 토론이 이어졌다. 왈패들은 달마티안의 제안에 동의하고 도강 지점을 찾아 남한강 아래쪽으로 내려갔다.

왈패들은 숲속에 숨었다가 달빛이 비치는 밤에만 강변을 달렸다. 왼쪽으로 고구려 중원비가 세워진 전각이 보였다. 천오백 년 전에 고구려 기마병들도 이 강변을 달렸을 것이다. 왈패들은 그 고구려 기마병들보다 더 절박하게 달렸다. 얼마 뒤에 도강 지점이 눈에 띄었다. 목계나루터였다. 거기는 강폭이 넓기도 하고, 중간에 자그마한 섬이 있어서 몸을 추스르고 다시 헤엄치기에 안성맞춤이었다. 물살이 잔잔하고 달빛에 흰 물결이 반짝거렸다. 강 건너에는 바로 가파른 산이 맞닿아 있어서 몸을 숨기기에도 마땅했다.

왈패들은 목계나루터에서 새롭게 결의를 다졌다. 달마티안이 앞에 나서서 결심을 밝혔다.

"도강 지점을 내가 찍었으니까, 내가 제일 먼저 강을 건너겠습니다. 여러분들은 내 뒤를 따르기 바랍니다."

달마티안은 말을 마치자마자 강물로 풍덩 뛰어들었다. 물살에 조금 밀리기는 했지만, 달마티안은 거침없이 강을 헤쳐 나갔다. 헤엄쳐서 강을 건너는가 싶더니 얼마 지나지 않아 첨벙첨벙 물을 차고 걷기 시작했다. 달마티안의 긴 다리 덕분이기도 하지만 그만큼 강물이 얕다는 증거이기도 했다. 마침내 달마티안이 강 한가운데 섬에 도착해서 몸을 추스른 뒤에 다시 헤엄으로 맞은편 언덕에 도착했다. 왈패들이 환호성을 질렀다. 이제 왈패들도 달마티안이 보인 시범처럼 강을 건너기만 하면 되는 것이다.

그러나 마지막까지 푸들이 걱정거리였다. 몸이 워낙 가냘프고 다리도 짧아서 안심되지 않았다. 푸들은 걱정하지 말라고 자신 있다고 호기를 보였지만 아무도 믿지 않았다. 빨리 강을 건너야 한다는 압박감 이전에 푸들의 안전을 책임질 대안이 나와야 했다.

이번에도 허스키가 앞에 나섰다.

"푸들을 내 등에 태우자. 내 힘으로는 푸들을 태우고 건널 수 있다."

허스키의 제안이 떨어지자마자 이번에는 불도그가 나섰다.

"아냐. 푸들을 내 등에 태우겠다. 보시다시피 내 등이 넓적해서 푸들을 태우기에도 안성맞춤이야."

불도그는 총알이 빗발치는 운주산에서 푸들의 안전을 책임지기로 했지만 그만 그의 행방을 놓치고 말았었다. 불도그는 이번 도강 작전에서 묵은 빚을 갚고 싶었다. 그때의 죄책감에서 벗어나는 길이기도 했다.

불도그의 결심이 너무 확고해서 아무도 끼어들지 않고 받아들이기로 했다. 누렁이가 강물로 뛰어들고, 허스키가 강물로 뛰어들고, 도사견이 강물로 뛰어들고, 이제 불도그와 푸들의 차례였다. 불도그는 푸들이 올라탈 수 있도록 납작 엎드렸다.

"빨리 내 등에 올라타. 그리고 내 등가죽을 꽉 물어. 물살에 휩쓸리지 않게."

"등가죽을 물면 아플 텐데 어떻게 하니?"

"괜찮다니까. 원래 나는 싸움꾼으로 태어나서 웬만큼 물려도 아무렇지도 않아. 그래, 그렇게 꽉 물고 있어."

아닌 게 아니라, 불도그 등가죽은 그의 쭈글쭈글한 얼굴처럼 두툼하게 주름이 잡혔다. 불도그는 푸들이 자신의 등에 올라타서 등가죽을 물고 있는 걸 확인하고 강물로 뛰어들었다. 이미 다른 왈패들은 달마티안의 안내로 모두 도강에 성공해서 불도그와 푸들의 도강을 숨죽여 지켜보고 있었다. 불도그는 푸들의 무게를 이겨내며 힘차게 헤엄을 쳤다. 그러나 혼자 헤엄치는 것과는 달라서 물살에 조금씩 밀려 나갔다. 불도그는 목표를 잃지 않으려고 온 힘을 다 쏟았다. 불도그의 안간힘으로 물살에 밀려서 왈패들이 도강한 지점보다 훨씬 아래쪽에 도착할 수 있었다. 왈패들은 마지막으로 건너온 불도그와 푸들을 환영하며 목을 길게 늘여서 하울링을 했다.

오 후 우!!!!!!!!

엉뚱한 분열

그동안 아무런 이견 없이 미호천과 차령산맥을 거쳐 남한강을 건넜다. 이어진 올망졸망한 야산을 지나 박달재를 넘고 백두대간에 진입했으나 갑자기 의견이 갈리기 시작했다. 남쪽 지리산으로 가자는 패와 북쪽으로 가야 한다는 패거리로 의견이 나뉜 것이다. 이는 짐승들의 귀소본능이 작용한 결과였다.

　사람들도 이와 비슷하다. 시골에서 도시로 이사를 가면 남쪽에서 온 사람들은 도시의 남쪽에 근거지를 마련하려고 하고, 북쪽에서 온 사람들은 은근히 그쪽에 자리를 잡으려고 한다. 자신의 고향에 가까이 있으려는 알 수 없는 심리가 작용한다. 짐승들이 객지에서 죽을 때는 머리를 고향 쪽으로 둔다는 얘기도 있다.

　누렁이와 도사견은 고향이 가까운 지리산으로 가자고 주장한 것이고, 허스키, 달마티안, 불도그는 북방을 향한 강한 집념을 보였다. 푸들만이 어느 편에 서지도 못하고 안절부절못했다. 그리고 누렁이에게 대들었다.

"우리는 당신과 함께 예까지 따라왔다. 그런데 이제 사소한 이유로 서로 흩어지다니, 말이 됩니까?"

푸들은 온몸을 덜덜 떨면서 누렁이를 추궁했다. 그러나 누렁이는 얼굴을 돌리고 푸들을 외면했다. 할머니가 집으로 돌아오셨을지도 모른다는 막연한 희망도 솔솔 살아났다. 누렁이에게 강한 귀소본능 같은 게 작용했다. 어쩔 수 없는 결심으로 굳어지고 변명만 늘어놓았다.

"어쨌든 북쪽으로 가기는 힘들어. 그쪽 철조망을 우리 힘으로 타갤 수 없어. 괜히 헛심 쓰지 말자."

이쯤에서 듣고만 있던 허스키가 말을 받았다.

"지리산 거기도 위험한 데야. 백두대간의 깃대종이니 뭐니 하면서 지리산 거기에다 반달가슴곰을 번식시켜서 풀어주고 있잖아. 우리가 그리로 가면 반달가슴곰과 먹이를 놓고 부닥칠 테고. 그러면 필연적으로 우리를 반달가슴곰과 적대적 관계로 보고 운주산에서처럼 포위 섬멸에 나설지도 몰라. 거기에서 포위되면 도망칠 데가 없어. 철책을 뚫고라도 더 넓은 데로 가야 해. 철조망 가까이 가면 인간들이 드물 거야. 바이러스에 걸린 인간들을 피하는 게 상책이야. 안 그래?"

허스키의 웅변에 잔뜩 힘이 들어갔으나 누렁이와 도사견의 마음을 바꾸지는 못했다. 누렁이가 다시 사설을 늘어놓았다.

"지리산 거기는 엄청 넓다. 우리가 살림살이를 꾸릴 데가 얼마든지 있을 거야."

누렁이는 그렇게 말하면서 할머니 생각을 했다. 할머니가 다시 집에 오셨을지도 모른다는 막연한 생각. 정이 든 인연은 쉬 사라지지 않았다. 끝없는 여정에서 지칠 때마다 누렁이는 자꾸 할머니 생각이 났다. 지리산으로 가자고 엇박자를 내면서 그리로 돌아가려는 구실을 찾고 있었는지 모른다. 그러나 아무도 쉽게 동의하지 않았다. 도사견조차 겉으로 속마음을 털어놓지 못했다.

그렇게 밤낮을 가리지 않고 갑론을박을 벌였지만, 이견을 좁히지 못해서 서로 헤어지게 되었다. 누렁이와 도사견은 남쪽으로 가고 허스키, 달마티안, 불도그는 북쪽을 향해 걷기 시작했다. 이제까지 수많은 위기를 겪으면서도 당당하게 달리던 모습과는 달리 고개를 푹 수그리고 힘없이 걸었다. 오랜 여정으로 지치고 허기진 탓으로 돌리는 수밖에 없었다. 그렇게 왈패들은 흩어지고 각각 남쪽과 북쪽으로 헤어졌지만, 푸들은 그 자리에서 꼼짝도 하지 않았다.

푸들은 한밤에 천천히 높은 산으로 올라갔다. 그리고 가장 높은 봉우리에서 길게 하울링을 시작했다. 아주 간절하게 목이 찢어지도록 하울링을 했다. 마침 남쪽으로 가던 누렁이와 도사견이 그 하울링을 들었다. 북쪽으로 가던 왈패들도 푸들의 하울링을 듣고 가던 길을 멈췄다. 누렁이가 하울링을 듣고 생각에 잠겨 있을 무렵 도사견이 누렁이에게 말을 걸었다.

"누렁아, 우리가 잘못하는 게 아닐까. 푸들이 저렇게 구슬프게 울잖아. 죽든 살든 우리는 하나로 뭉쳐야 해. 그래야 마음이 편해. 우리는 푸들의 말을 들어야 해. 그가 주인을 배반하고 우리를 농장에서 살려낸 생명의 은인이니까. 지금 이 상태로 고향에 가면 뭘 해. 아무도 우리를 반겨주지 않을 텐데."

모처럼 무뚝뚝한 도사견이 진지하게 누렁이를 설득했다. 누렁이의 마음이 움직이기 시작했다.

"그려. 네 말이 맞아. 나도 모르게 고집을 피웠어. 그러나 마음이 편치 않았어. 소갈머리가 미치지 못했어. 귀신이 씌었나 봐. 네 말대로 죽든 살든 하냥 가자. 얼른 산꼭대기로 가서 목구멍이 터지도록 고함을 지르자. 기다리라고. 금방 그리로 간다고."

누렁이와 도사견은 봉우리에 올라 힘차게 하울링을 했다. 곧 푸들이 알아들었다는 하울링이 들려왔다. 누렁이와 도사견은 하울링을 마치고 푸들을 향해서 달리기 시작했다. 숨이 차도록 달린 끝에 날이 새기 전에 푸들과 재회할 수 있었다. 그들은 서로 뺨을 핥고 뒹굴면서 재회의 기쁨을 누렸다.

그런데 그게 끝이 아니었다. 북쪽으로 가던 왈패들도 푸들의 하울링을 알아채고 남쪽으로 달려온 것이다. 모두 기쁨에 겨워서 꼬리를 흔들고 서로 가볍게 목을 물고 뒹굴면서 좋아했다. 한바탕

난리법석을 피웠다. 날이 훤히 밝아왔다. 왈패들은 이제 마음이 합쳐지고 방향이 정해졌지만 움직이지 않았다. 낮에는 자고 밤에만 움직이는 등불의 나라 율법대로 모두 잠에 곯아떨어졌다.

바위 밑에서 낮잠을 실컷 잔 왈패들은 기지개를 켜고 출동 준비를 했다. 엊그제 서로 다른 방향으로 헤어질 때와는 달리 한결 마음이 가볍고 즐거웠다. 식구들이 모두 한마음 한뜻이라는 게 저절로 실감이 났다.

왈패들은 북쪽으로 걸었다. 산이 워낙 험해서 올가미 같은 공포는 느껴지지 않았다. 바이러스에 감염된 인간들은 감히 범접할 수 없는 신성한 곳이었다.

왈패들이 달리는 지점은 높은 산등성이였다. 서로 하울링으로 의사를 전달하고 만나는 과정에서 산등성이에 오른 것이다. 산등성이를 조금 달리면서 왈패들은 이상한 냄새를 맡았다. 먹거리 냄새였다. 왈패들은 목적지를 향해 달리면서 자연스럽게 먹거리를 해결해왔다. 일단 먹거리의 냄새를 맡고 왈패들은 멈춰서 구체적인 정보를 수집했다. 냄새의 진원지를 찾아가다 먹거리의 배설물을 발견했다. 동글동글한 검은콩 모양의 똥은 고라니나 산토끼 똥과 비슷했으나, 이제까지 한 번도 맡아보지 못한 냄새였다. 그리고 그 똥과 함께 그 먹거리의 냄새도 가까이에서 풍겨왔다.

왈패들은 눈빛으로 즉각 사냥 대형으로 포진했다. 순식간에 U

자형 저인망을 구축한 것이다. 생각보다 먹거리는 가까이 있었다. 왈패들은 저인망을 서서히 좁혔다. 산등성이로 먹거리를 몰았다. 산등성이 뒤는 깎아지른 낭떠러지였다. 다른 곳은 도망칠 구멍이 전혀 없었다. 어둠 속에서 먹거리의 실체가 서서히 드러났다. 이제까지 한 번도 보지 못한 산양이었다. 산양은 도망칠 구멍 찾지 않고 자꾸 산등성이 바위로 올라갔다. 그에 따라 왈패들도 서서히 포위망을 좁혔다. 언제 일제히 달려들어 덮칠 것이냐는 순간만을 남겨놓고 있었다. 그런데도 산양은 제일 높은 바위 꼭대기에 오도카니 서서 관망하고 있을 뿐이었다. 몇 걸음 앞까지 다가가서 산양에게 달려들었다. 앞발에 잡힐 만한 거리였다.

그러나 산양은 순식간에 사라졌다. 깎아지른 낭떠러지 아래로 거침없이 뛰어내린 것이다. 왈패들은 닭 쫓던 개 지붕 쳐다보는 격으로 멍하게 바라볼 수밖에 없었다. 낭떠러지에서 뛰어내린 산양은 낙석이 구르듯이 바위 등성이에 부딪히면서 골짜기에 떨어졌다. 그러나 곧바로 몸을 털고 일어나 숲속으로 사라졌다. 참 기가 찰 노릇이었다. 수백 길 낭떠러지 바위에 부닥치고도 끄떡없이 살아나는 게 신기할 따름이었다. 몸통이 무쇠로 되어 있을 거라는 생각이 들었다. 산양이 왈패들한테 쫓기면서도 태연했던 것은 그런 묘기를 갖추고 있었기 때문이었던 것이다. 왈패들은 씁쓸한 입맛을 다시고 다시는 산양은 거들떠보지도 않기로 했다.

왈패들은 산등성이에서 괜한 헛수고를 하고, 가파른 산등성이를 탈 필요가 없다고 생각했다. 산 아래로 내려가서 행군하는 게 편할 것 같았다. 산등성이는 험하기만 하고 아무런 실속도 없는 것이 입증되었다. 산 아래쪽 능선을 타는 게 행군하기도 수월하고 쉽사리 잡을 수 있는 고라나 멧돼지 같은 먹거리도 수두룩했다.

왈패들은 산양을 뒤쫓다 허탕을 치고 쓴 입맛을 다셨다. 씁쓸하게 산등성이를 타고 내려오는데 구미가 당기는 냄새가 또 풍겼다. 아직 한 번도 맛보지 못한 냄새였다. 왈패들은 냄새를 따라 추적에 나섰다. 머지않은 거리에서 먹거리의 냄새가 진하게 풍겨왔다. 왈패들은 코를 벌름거렸다. 그런데 갑자기 바위 밑에서 산토끼가 튀어나와 도망쳤다. 가을철이라 누런 잿빛의 산토끼는 완벽한 보호색이라 가까이 있어도 전혀 눈에 띄지 않았다. 왈패들은 누가 먼저랄 것도 없이 산토끼를 쫓아 달리기 시작했다. 아까 산양을 놓치고 산토끼라도 잡아야 하겠다는 보상심리가 작용했다. 산토끼는 매우 빨랐다. 그러나 왈패들도 야생에서 수백 킬로미터를 달려온 단련된 몸이라 뒤처지지 않고 산토끼를 쫓았다.

토끼는 야생에서 먹이사슬의 밑바닥에 자리하고 있어서 매우 예민하게 행동한다. 풀만먹는짐승이라 먹이 범위 안에서 안전이 확인된 자신의 영역만 돌아다닌다. 자신의 활동 범위가 정해져 있는 것이다. 야생에는 수많은 천적이 득실거린다. 여우, 너구리, 오소리, 담비, 족제비, 삵 등이 수시로 토끼의 생명을 노린다. 여우는 멸종했다지만 삵이나 담비는 늘어나는 추세여서 토끼의 목숨을 수시로 위협한다. 거기에다 저승사자 그림자처럼 움직이는 뱀도 어느 때 다가올지 몰라서 굴을 파고 살기는 해도 굴에 안주하지는 않는다. 주로 굴에서 생활할 때는 새끼를 낳고 키우는 몇 주간뿐이다. 굴은 안전해 보이지만 한 번 들키면 달아날 구멍이 없는 막다른 골목이나 마찬가지다. 그래서 가장 좋아하는 은신처는 수풀이 무성한 풀섶이다. 언제든지 달아날 수 있는 통로와 시야가 최우선이기 때문이다.

큰 나무가 빽빽한 산림지역에는 햇빛이 들지 않아서 풀이 자라지 않는다. 그래서 토끼의 먹거리가 없다. 특히 소나무 숲은 황량하기 그지없다. 바닥에 떨어진 누런 솔잎은 다른 식물의 씨앗이 발아할 수 없는 독성 물질을 내뿜고 있어서 그 자리에는 아무런 풀도 자라지 않는다. 풀이 자라지 않을뿐더러 사방에서 훤히 들여다보이기 때문에 토끼는 소나무 숲에 가지 않는다. 토끼의 주요 활동 지역은 숲과 초지의 경계라고 할 수 있다. 경작지와 숲이 시작되는 아래쪽과 산꼭대기에 더는 큰 나무가 자라지 못하고 관목과 초지가 펼쳐진 지역이 토끼의 주요 활동무대인 셈이다. 풀과 관목들이 무성해서 은신처와 먹거리가 풍부하기 때문이다. 풀이 모두 눈에 덮이는 겨울에는 그나마 노출되는 관목의 가지들이 주요 먹거리가 되기도 한다. 좀작살나무, 진달래, 철쭉, 찔레나무, 산초나무, 망개나무 등의 줄기는 눈 덮인 겨울철 토끼의 먹거리이다. 다람쥐가 숨겨놓았다 잊어버린 밤이나 도토리에서 싹이 난 밤나무나 참나무의 어린 나무줄기도 토끼의 주요 먹거리이다.

풀이 무성한 개활지에서도 안심할 수가 없다. 하늘에는 매가 수시로 선회를 하고 밤에는 부엉이가 잠이 들어서 부스럭거리는 토끼를 위협한다. 그래서 토끼의 몸은 도망치기에 특화되어 있다. 작고 연약해 보이지만 단거리 선수처럼 긴 뒷다리 덕에 순발력이 뛰어나고 뜀뛰기에도 능해서 웬만한 울타리도 훌쩍 뛰어넘을 수가 있다. 토끼는 키가 작아서 눈보다는 냄새나 큰 귀로 위험을 감지한다. 긴 수염도 작은 파장을 감지하는 안테나 역할을 한다. 그뿐만 아니라, 높은 위치에 있는 까마귀, 산비둘기, 다람쥐 등의 움직임을 보고 위험을 미리 감지하는 수단으로 삼는다. 먼저 위험을 알아차리고 도망치는 것이 상책이기 때문이다. 그러나 약점이 없지는 않다. 단거리 선수가 장거리 선수처럼 오래 달릴 수 없듯이 체력에 한계가 있을 수밖에 없다. 늑대와 다름없는 왈패들은 중장거리 선수에 해당한다. 토끼가 먼저 도망친다 해도 눈에 띄는 한 왈패들의 지구력을 당해낼 수 없다.

더군다나 토끼는 죽을 때까지 안전이 확인된 자기 영역 안에서만 달린다. 그게 큰 약점이 되었다. 왈패들은 토끼가 도망치는 길목을 다 알아채고 추격에 나섰다. 눈이 쌓인 겨울에 토끼를 추적하는 담비나 족제비는 제한 구역으로만 달아나는 토끼를 잡기 위해서 나무에서 나무로 달린다. 토끼가 달아나는 길목을 한눈에 보면서 푹푹 빠지는 눈밭을 피해 효과적으로 토끼를 잡는 방법이기도 한데, 이는 토끼가 매우 제한적인 자기 영역 안에서만 도망친다는 사실을 간파한 술책이라고 할 수 있다.

왈패들의 추적에 토끼는 금방 막다른 골목에 몰렸다. 산토끼가 더는 달릴 수 없게 되자 급하게 바위틈으로 꼬리를 감췄다. 바위틈은 왈패들이 들어갈 수 없도록 좁았다. 왈패들은 눈앞에 있는 먹거리를 두고 바위를 둘러싸고 돌면서 틈새를 보았지만 그림의 떡이었다. 원래 토끼의 천적 중에 삵, 담비, 족제비는 토끼 못지않게 몸이 가늘고 날렵해서 금방 산토끼의 목덜미를 물고 나올 수 있지만, 왈패들에게는 해결책이 보이지 않았다.

그러나 뜻밖에 문제가 쉽게 풀렸다. 뒤늦게 달려온 푸들이 비좁은 바위틈으로 들어가서 토끼의 목덜미를 물고 나왔다. 산토끼가 아직 살아서 발길질하면서 몸부림치는 걸 보면서 왈패들은 푸들에게 박수갈채를 보냈다. 누구나 제 몫의 역할이 있다는 걸 실감하는 순간이었다. 왈패들은 거침없이 달려들어서 순식간에 산토끼를 나누어 먹었다. 산토끼는 간식거리에 지나지 않았지만 아까 산양을 뒤쫓다 닭 쫓던 개 지붕 쳐다보는 꼴은 면할 수 있었다.

왈패들이 북방을 향해 달릴수록 험한 산과 계곡의 연속이었다. 그리고 위험은 여러 곳에 있었다. 남북으로 뻗은 백두대간의 산을 동서로 가로지르는 도로는 위험했다. 밤에도 차들이 불빛을 쏘며 달리고 있어서 위험하기 짝이 없었다. 그 불빛과 맞닥뜨리면 순간적으로 등불을 잃어버리고 오도 가도 못하는 신세가 되고 말기 때문이다. 수많은 등불의 나라 백성들이 그 불빛으로 로드킬을 당했다.

왈패들은 수많은 경험으로 지혜롭게 위험을 피해서 고산준령을 헤쳐 나갔다. 왈패들은 대관령, 한계령, 미시령, 진부령 같은 큰 고개를 넘는 것이 아니라, 그 고개를 가로지르는 도로를 건너야만 했다. 그래서 도로를 건너지 않고 도로를 쭉 따라가면 도로 밑으로 난 수로나 통로를 찾을 수 있었다. 왈패들은 인간들과 마주치기만 하면 늘 커다란 위협에 시달렸다. 그래서 더 크고 높은 산으로 달리는 것이다. 인간들과 거리가 멀면 멀수록 왈패들은 안전했다.

어느덧 가을이 지나고 초겨울에 접어들었다. 그런데 초겨울에 느닷없이 폭설이 내렸다. 왈패들의 다리가 눈에 푹푹 빠져서 걷기가 어려웠다. 왈패들은 할 수 없이 산 아래 평지로 내려가기로 했다. 폭설이 내리면 모든 짐승이 생존에 시달렸다. 우선 풀만먹는 짐승들에게도 먹이가 모두 사라진 꼴이 된다. 눈에 덮여서 마른 풀조차 구경할 수 없게 되는 것이다. 고기먹는짐승들도 마찬가지였다. 눈이 쌓이면 걷기조차 힘들어서 먹거리를 추적할 수 없었다. 그래서 눈이 쌓이면 너 나 할 것 없이 짐승들이 산 아래로 내려오게 된다. 인간들이 모여 사는 마을 근처에서 먹거리를 찾기 위해서였다.

인간들도 눈이 쌓이면 활동이 어려워지기는 마찬가지였다. 옛날에, 눈이 많이 내리는 산골 마을에서는 미리 이웃집 사이에 굵은 새끼줄을 연결해 놓았다고 한다. 추녀 끝까지 눈이 쌓이면 그 새끼줄을 서로 잡아당겨서 작은 구멍을 냈다. 그 소통의 구멍을 조금씩 파내서 이웃집과 통로를 만들어내는 것이다. 누구든 혼자 고립되면 생존에 위협을 느끼게 된다. 들쥐도 눈밭 아래로 구멍을 내고 돌아다니며 서로 소통을 한다. 통로는 희망이고 단절은 낙동강 오리알 신세가 되는 것이다.

그래서 왈패들도 산 아래로 방향을 잡은 것이다. 그런데 왈패들이 산에서 내려오다 짐승의 발자국을 발견했다. 아직 그 짐승의 정체를 알 수 없으나 눈을 쓸며 내려간 흔적이 뚜렷했다. 왈패들은 그 흔적을 따라 급히 달렸다. 얼마 가지 않아 그 정체가 밝혀졌다. 산양이었다. 한계령인가 미시령인가에서 쫓다 낭떠러지로 달아났던 바로 그 산양인지 알 수 없지만, 왈패들과 맞닥뜨리자 소스라치게 놀라서 뿔을 들이대며 들이받을 자세를 취했다. 그러나 왈패들은 조금도 겁내지 않았다. 산양은 도망칠 낭떠러지가 없어서 독 안에 든 쥐나 마찬가지였다. 왈패들은 산양을 빙 둘러쌌다. 왈패들은 폭설 때문에 굶주리고 있어서 침을 흘리며 달려들었다. 도사견이 투견 본능을 이기지 못하고 산양에게 달려들어 목을 덥석 물었다. 산양은 금방 쓰러졌으나 털가죽이 두껍고 뼈대가 완강해서 쉽사리 숨이 끊어지지 않았다. 뼈대가 억센 만큼이나 울음소리도 크게 골짜기에 메아리쳤다. 그러나 굶주린 왈패들의 이빨이 사방에서 물어뜯었다. 발기발기 찢긴 산양의 몸뚱어리는 왈패들의 입속으로 사라졌다. 남은 것이라곤 산양의 머리통과 발굽뿐이었다. 왈패들은 맛있는 식사를 하고 피 칠갑을 한 얼굴을 서로 핥아서 깨끗이 닦았다. 그리고 천천히 드문드문 집들이 보이는 야산 아래를 걸었다.

그런데 거기에 문제가 생겼다. 산양을 사냥하는 과정에서 산양이 죽어가면서 내지른 단말마의 괴성이 외딴집에 사는 청년에게 들린 것이다. 그는 호기심을 느껴서 설피를 신고 그 괴성의 정체를 찾아 나섰다. 산양이 죽어간 곳은 그 외딴집에서 그리 멀지 않았다. 그는 빨갛게 핏물로 얼룩져 있는 눈밭을 보고 깜짝 놀랐다. 머리통과 발굽만 남은 산양의 모습은 더욱 충격적이었다. 경찰에 신고하고, 찍은 사진을 SNS에 올렸다. 누구나 다 기자가 되는 세상이었다.

문제는 그 산양이 천연기념물 217호로 지정된 1급 보호종이었다는 사실이었다. 산림이 복원되면서 멸종했던 것으로 추정했던 산양이 백두대간과 DMZ(Demilitarized Zone)에서 발견되어 학계와 언론의 주목을 받았다. 그래서 산양 서식지에는 CCTV 등 각종 관찰 카메라를 설치해서 면밀하게 관찰하고 있었다. 가끔 산양이 알 수 없는 이유로 죽는 경우는 있었지만, 포식동물에게 발기발기 찢겨서 먹히는 경우는 처음이었다. 고산지역에만 사는 산양이 갑작스러운 폭설로 산 아래로 내려온 건 이해가 되지만, 무참하게 잡아먹힌 사례는 한 번도 없었다. 생태학자들은 급히 현장으로 달려와서 원인 분석을 한답시고 호들갑을 떨었다.

우선 산양을 잡아먹을 만한 포식동물이 뭐냐는 데로 초점이 맞춰졌다. 산양을 사냥할 만한 포식동물로는 호랑이, 표범, 늑대 등이 거론되었으나 휴전선 이남의 백두대간에서 멸종한 지 오래여서 이들은 제외되었다. 언젠가 대관령 눈밭에서 호랑이 발자국을 사진으로 찍어서 신고한 사람이 있었으나, 한때의 영웅심으로 호랑이 발을 석고로 만들어서 조작한 해프닝으로 밝혀졌다. 그래서 마지막으로 용의 선상에 오른 포식동물은 담비였다. 그러나 단독생활을 하는 담비가 산양을 사냥할 만큼 완력이 있는지 의문이거니와, 산양을 머리통과 발굽만 남기고 먹어치웠다고 보기는 더욱 어렵다는 결론을 내렸다. 생태학자 중에서 전의면 운주산에서 개농장을 탈출한 개들이 송아지까지 잡아먹었던 상황을 떠올렸다. 그래서 그는 다시 그 유기견들을 거론했다. 그러나 반응은 썰렁했다.

"거기랑 여기가 거리가 얼만데. 여기까지 왔을라고 설마?"

"운주산 포획 과정에서 몇 마리가 탈출한 것으로 보고되었는데, 그 개들이 여기까지 못 오라는 법도 없고요. 그런 유기견들은 전국 어디에서도 생겨날 수 있지 않습니까? 아무튼, 면밀한 조사가 필요합니다."

그 생태학자는 운주산에서 백두대간으로 이어지는 요소요소에 설치된 생태 관찰 카메라를 리플레이로 오래도록 들여다봤다. 그는 화면을 들여다보다 놀라 자빠졌다. 운주산에서 미호천과 차령산맥 줄기에서 야생개 여섯 마리가 줄기차게 포착되었다. 산양을 잡아먹은 포식동물이 운주산에서 탈출한 개라고 단정 지을 수는 없지만, 유기견들이 야생에서 살아가고 있는 증거라는 확신이 들었다. 이런 동영상들이 인터넷에 떠돌면서 결정적인 증언이 뒷받침되었다. 세종시 전의면에서 개농장을 하던 농장주가 인터넷에 떠도는 동영상을 보고, 그 생태학자에게 전화했다.

"그 가이들 내 께 마저유. 허스키, 달마티안, 불도그, 도사견 말여유. 접때하구 낯짝이 하나두 달브지 아너유. 푸들은 지가 애끼든 새깽이라 누가 알구지 아너두 곰방 알아차리구두 남어유. 시상에 그 가이들이 그기까장 갔나바유. 그기가 강원도 워디라구 해슈?"

그 농장주의 증언을 토대로 천연기념물인 산양을 잡아먹은 포식동물은 왈패들의 짓으로 밝혀졌다. 그러면서 그 왈패들이 천연기념물 산양을 모조리 잡아먹을지도 모른다는 천연기념물 위기론이 급속하게 퍼졌다. 왈패들은 다시 한번 포획 제거의 대상이 되었다. 겨울철은 사냥 허가철이라 전국 유해조수방지단을 중심으로 포획단이 꾸려졌다. 포획단이 아니고 아예 사살팀이었다. 산양이 먹힌 지점으로 사냥개를 끌고 온 포수들은 산양을 잡아먹은 왈패들의 냄새 분자를 맡게 하고 추격에 나섰다.

산양을 잡아먹고 느긋하게 야산을 걷던 왈패들은 갑자기 위기에 몰렸다. 눈이 많이 내려서 냄새 이전에 발자국만으로도 충분히 꼬리가 잡혔다. 점점 가까이 다가오는 사냥개들의 울부짖음이 왈패들의 귓전에 메아리쳤다. 왈패들은 다급해졌다. 수월한 야산으로 행군하기가 어려워졌다. 왈패들을 추격대를 따돌리기 위해서 가파른 산을 오르기 시작했다. 눈이 없을 때는 크게 어렵지 않았지만, 몸통까지 묻히는 눈밭을 헤쳐가기는 쉽지 않았다. 북극 썰매개 혈통인 시베리안 허스키가 눈밭을 겅중겅중 뛰면서 앞장섰다. 앞에서 눈길을 헤치고 나가면 뒤에 길이 생겨서 뒤따르기가 수월했다. 다리가 짧은 푸들은 자연히 맨 뒤에서 따라갔다. 앞에서 겅중겅중 뛰면서 길을 내던 허스키가 금방 지쳐서 헐떡거렸다. 그러면 이번에는 다리가 길쭉한 달마티안이 나서서 임무를 교대했다. 체력이 좋은 도사견도 교대로 길을 내었다.

촌각을 다투는 절박한 상황이었다. 더군다나 추격대는 왈패들이 헤쳐놓은 눈길을 따라오기만 하면 되기 때문에 생각보다 거리가 빨리 좁혀졌다. 왈패들은 서로 앞서거니 뒤서거니 하면서 눈밭을 헤쳐 산등성이에 올랐다. 다행히 추격대의 사격권에 들지 않고 산마루에 오른 것이다. 여기부터는 내리막길이라 그래도 수월했다. 움푹한 눈구덩이에 빠지기도 했지만 헤집고 나와서 내달렸다. 산마루를 내려가서 골짜기에 다다랐다. 아직 그렇게 춥지 않아서 골짜기의 물이 얼지 않고 졸졸 흐르고 있었다. 바위 사이로 흐르는 물을 따라 골짜기를 거슬러 올라갔다. 바위가 미끄럽긴 하지만 물에 빠지는 것도 겁내지 않았다.

개의 발바닥은 패드 모양으로 되어 있다. 발바닥 가운데에 넓적한 패드가 있고 발톱 안쪽으로 다섯 개의 작은 패드가 있어서 좀처럼 미끄러지지 않는다. 더군다나 힘을 주고 달릴 때는 발톱이 바닥을 그러쥐는 역할을 해서 박차고 나가기에도 수월하다. 발바닥의 패드에는 모세혈관 다발이 있어서 동상에 걸리지 않을뿐더러 열 손실을 막아내는 기능까지 있다. 이런 기능은 북극곰, 여우, 늑대, 펭귄 등 혹한을 견디는 동물에게 두루 갖추어져 있다. 그뿐만 아니라, 개의 발바닥에는 에크린샘이라는 땀샘도 있어서 고유의 냄새를 풍긴다. 개들이 길에서 소변을 보고 발바닥을 땅에 문지르는 경우가 있는데, 이는 자신의 영역을 표시하는 마킹 행위에 해당한다. 사냥개들이 왈패들을 추적하는 데에는 발자국과 함께 발바닥 냄새도 한몫했다.

왈패들은 본능적으로 이런 사실을 알고 골짜기를 타기 시작한 것이다. 이는 두 가지 효과를 냈다. 발자국을 남기지 않을뿐더러 냄새 분자도 골짜기 물에 씻겨서 아무런 실마리를 남기지 않게 되는 것이다. 사냥개들은 골짜기에 도착해서 코를 벌름거렸지만, 물에 씻겨 내려간 냄새는 다시 찾아낼 수 없었다. 처음에는 무턱대고 골짜기를 따라 올라가다가 골짜기의 갈림길에서 실마리를 상실하고 낑낑대기만 했다. 사냥개를 앞세운 엽사들도 더는 추격을 하지 못하고 터덜터덜 산에서 내려갈 참이었다.

그러나 천연기념물 일급인 산양이 잡아먹혔다는 다소 충격적인 뉴스에 산림청의 헬기까지 동원되어 왈패들의 동선을 추적하고 실황을 추격대에게 알렸다. 추격을 포기하려던 엽사들은 헬기의 실황 정보대로 골짜기를 타고 쫓아왔다.

왈패들은 눈이 쌓여 행군이 어려운 산행을 포기하고 골짜기만 따라 계속 전진했다. 몇 개의 산마루와 골짜기를 넘었는지 모른다. 그런데 더 갈 수 없는 철조망에 다다랐다. 휴전선 철책이었다.

휴전선 철책은 완강했다. 철조망은 능선을 따라 구불구불 만리장성을 이루고 있었다. 콘크리트 기초에 기둥을 세우고 촘촘한 철조망이 이중으로 둘러쳐져 있었다. 왈패들은 다급해졌다. 엽사들이 헬기의 도움으로 가까이 다가오고 있었다.

DMZ는 물이 흐르는 골짜기조차 쇠창살을 박아서 들어갈 수 없게 만들었다. 그때, 몸집이 작은 푸들이 쇠창살 사이를 비집고 안으로 들어가 틈새를 살폈다. 쇠창살 밑의 만만한 돌덩이를 흔들어보았다. 그러나 푸들의 가녀린 몸으로는 꼼짝도 하지 않았다.

거기에서 힌트를 얻은 불도그가 쇠창살 밖에서 발로 돌덩이를 움직거려보았다. 돌덩이가 흔들렸다. 그것으로 작은 희망을 얻은 왈패들이 달려들어 돌덩이를 뒤흔들었다. 돌덩이가 흔들거렸다. 왈패들은 발톱으로 돌덩이를 힘껏 잡아당겼다. 돌덩이 하나가 빠지자 쇠창살 아래로 개구멍이 생겼다. 그러나 아직 빠져나갈 만큼 구멍이 크지 않아서 돌덩이가 빠진 바닥을 발톱으로 파냈다. 모래와 자갈들을 긁어내자 제법 커다란 개구멍이 만들어졌다.

왈패들은 그 개구멍으로 모두 DMZ에 잠입하려는 순간, 추격하는 사냥개들이 가까이 몰려왔다. 왈패들이 모두 DMZ로 도망치기 전에 사냥개들의 밥이 될 지경이었다. 이때, 불도그가 소리치며 사냥개들 쪽으로 내달렸다.

"빨리 DMZ 안으로 도망쳐. 재들은 내가 맡을게."

불도그는 왈패들에게 다가오는 사냥개들을 향해 달려갔다. 불도그는 사냥개들을 막아내기 위해서였다. 불도그와 사냥개들의 치열한 전투가 벌어졌다. 1 대 10의 승산 없는 싸움이었지만 불도그는 용감하게 덤벼들었다. 사냥개들은 미쳐 날뛰는 불도그를 보고 당황했으나, 수적 우세를 바탕으로 불도그를 둘러싸고 물어뜯기 시작했다. 용맹스러운 불도그도 점점 수세에 몰렸다. 사방에서 물고 늘어지는 사냥개들의 위세에 옴짝달싹하지 못하면서도 왈패들에게 빨리 도망치라고 소리쳤다. 이를 보고 있던 왈패들이 분노하며 불도그를 구하기 위해 달려가는 순간, 낌새채고 뒤따라 온 포수들이 총을 쏘기 시작했다. 왈패들은 운주산의 트라우마를 떠올리고 돌아섰다. 불도그가 사냥개들에게 포위되어 물어뜯기는 안타까운 상황이었지만, 불가피하게 DMZ 안으로 피신할 수밖에 없었다. 점점 멀어져가는 불도그의 비명에 왈패들의 가슴이 찢어졌다. 불도그는 대장정의 마지막 순간에 왈패들의 안전을 위해 자신의 몸을 던진 것이다. 추격대는 더 쫓아오지 않았다.

눈이 덮인 DMZ는 아늑했다. 남북관계의 해빙으로 GP(Guard Post)가 모두 철수되어 아무런 거리낌이 없었다. 여기에 들어온 것이 꿈만 같았다, 이제 더 쫓기지 않아도 된다는 안도감에 가슴이 부풀었다.

왈패들은 DMZ을 탐색해서 근거지를 마련했다. 언덕배기 아래로 눈비를 가릴 수 있는 바위굴을 찾은 것이다. 불도그의 마지막 비명이 긴 메아리로 들려왔다. 왈패들은 지쳐서 쓰러졌다. 산양을 잡아먹고 추격대에게 쫓기느라 피로가 누적되었다. 모두 깊은 잠에 곯아떨어졌다.

새로운 인연

불도그의 상실은 왈패들에게 깊은 상처를 남겼다. 누구보다도 푸들의 상심이 깊었다. 긴 여정에서 불도그는 푸들을 살뜰히 보살폈다. 운주산 탈출 이후 불도그는 줄곧 푸들의 호위무사였다. 남한강을 건널 때는 불도그와 생사를 같이하는 한 몸이었다. 푸들을 등에 태우고 안간힘으로 남한강을 건너던 불도그의 모습이 자꾸 눈에 밟혀서 괴로웠다. 또한, 진부령 어디쯤인가 식구들이 남과 북으로 잠시 헤어졌을 때, 푸들의 울부짖음을 듣고 북으로 가던 무리 중에서 제일 먼저 달려온 것도 불도그였다.

더군다나 DMZ 안전지대로 피신하기 직전에 자신의 몸을 던져 희생하다니! 왈패들이 모두 잠에 곯아떨어졌지만, 푸들은 밤새껏 뒤척였다.

그러함에도 삶은 이어졌다. 왈패들이 모두 깨어났다. 서서히 먹이 활동을 할 시간이었다. 왈패들은 언덕배기에 올라 주변을 살폈다. 그런데 거기에 이상한 냄새가 풍겼다. 누군가 언덕배기에 먼저 와서 영역 표시를 한 것이다. 왈패들은 그 냄새를 지우고 그 바닥에 발바닥을 문질러서 자신들의 영역을 표시했다. 그리고 사냥을 위한 순찰을 나갔다. 여러 짐승의 발자국과 냄새를 포착했으나, 지형지물에 익숙하지 않아서 먹거리 사냥에 실패하고 소굴로 돌아왔다.

그런데 다음 날에도 언덕배기에는 또다시 누군가 나타나서 영역 표시를 한 것이다. 이번에는 소변까지 뿌려놓고 더 심한 냄새를 풍겼다. 왈패들은 긴장했다. 가뜩이나 불도그의 희생으로 숫자가 줄어들어서 움츠리던 때였다. 금방 큰 전쟁을 치를지도 모른다는 예감이 들었다. 그 정체는 곧 드러났다. 풍산개가 나타났다.

풍산개는 함경도 풍산군의 천연기념물로 용맹하기로 소문난 개였다. 일제 때 영국 왕실의 박물관 전속으로 홍학봉이라는 엽사가 있었다. 사냥을 나갈 때는 풍산개를 꼭 데리고 다녔는데, 충성심과 용맹성을 극찬했다. 그는 풍산개 세 마리면 호랑이도 잡는다는 신념을 가질 정도였다. 그 풍산개와 마주친 것이다.

남북 합의로 DMZ 안의 GP가 모두 철수된 지 이미 오래였다. 그 풍산개는 GP에서 군견으로 쓰이다가 버려졌는지 도망친 것인지 알 수 없으나, 영역을 놓고 싸울 수밖에 없는 적군이나 마찬가지였다. 어쩔 수 없이 서로 대결하게 되었다.

드디어 왈패들은 그 풍산개와 마주쳤다.

"나는 여기가 좋아서 GP가 철수할 때 도망쳤다. 나는 풍산개 순종이야. 니들 같은 잡종들은 여기서 살 자격이 없다. 여기는 내 땅이야. 날래 자리를 비키라우야."

풍산개의 기세에 눌리지 않고 누렁이가 나섰다.

"나도 번듯한 진돗개여. 우리 친구들도 지마다 씨가 조금 다를 뿐이야. 우리가 만만한 허깨비들이 아니야. 여기를 누가 독차지할 땅바닥이 아니라고. 무슨 문서라도 있어?"

누렁이는 풍산개에 밀리지 않고 차근차근 따지며 대들었다. 누렁이의 그럴싸한 반박에 용기를 얻은 허스키가 대뜸 앞으로 나서며 전투 자세를 취했다. 왈패들과 풍산개는 서로 비슷한 처지이면서 영역을 다투는 원수가 되었다.

누렁이는 사실 자신이 진돗개인지 잘 모른다. 진돗개와 비슷하게 생겼을 뿐이다. 시골 할머니가 진돗개 순종을 사다가 기르지는 않았을 것이다. 그러나 그런 순종만 중요하다고 생각하지 않았다. 모든 생명은 오롯이 자신이 몫이 있다고 생각했다.

풍산개는 왈패들과 살벌한 전쟁을 벌였다. 영토 분쟁이었다. 서로 이 땅을 독차지하려는 속셈이었다. 풍산개는 숫자에 밀려서 싸울 때마다 후퇴했지만 날마다 끈질기게 달려들었다. 으르렁거리는 싸움박질 소리 때문에 주변에 있던 고라니, 노루, 멧돼지 같은 먹거리가 멀리 달아나서 생계에 지장이 생겼지만 서로 물러날 수 없는 처지였다. 아니, 그건 그다음 문제였다. 영토를 빼앗기면 터무니가 없어지게 되는 것이다. 숫자에 밀리면서도 풍산개는 조금도 기가 죽지 않고 매일같이 달려들었다. 풍산개는 물린 상처를 핥으면서 물러나지 않았다.

풍산개는 자신이 수적으로 불리하다는 걸 알고 묘한 작전을 펼쳤다. 매일 쳐들어와서 으르렁대는 요란한 소리를 내고 싸우는 척하다가 도망쳤다. 왈패들이 근거지를 옮기려고 이동하면 뒤따르면서 으르렁댔다. 그래서 그 주변의 풀만먹는짐승들을 모두 쫓아버렸다. 왈패들은 풍요 속의 빈곤에 허덕였다. 풍산개의 본심이 점차 드러났다. 자존심을 구기지 않고 왈패들과 함께 살고 싶다는 의도가 엿보였다.

끝나지 않는 전쟁은 양쪽 다 지치게 되었다. 싸워도 승부가 나지 않는 이상한 전쟁이었다.

그날도 날이 새기 무섭게 쫓고 쫓기는 싸움을 벌이다 서로 지쳐서 모두 쓰러지고 말았다. 숨을 헐떡이며 멀뚱멀뚱 상대를 바라보기만 할 뿐 더는 싸울 기력이 없었다. 그러면서 솔솔 다른 생각이 들기 시작했다.

싸워서 얻을 것도 없는데 그냥 같이 살지 뭐.

이심전심으로 왈패들과 풍산개가 비슷한 생각을 했다.

때마침 소한, 대한 맹추위가 지나면서 양지쪽의 볕이 따사로워지고 가끔 훈훈한 바람이 남녘에서 불어오고 있었다. 그리고 으르렁거리는 분탕질이 잦아들자 멀리 달아났던 먹거리도 슬금슬금 다가왔다. 풍산개와 왈패들은 우선 허기를 채워야 한다는 데 묵시적으로 합의했다. 멋도 모르고 가까이 다가오는 노루를 잡으려면 양쪽으로 조를 짜서 포위하고 공격해야 하는데, 아무도 풍산개를 따르려 하지 않았다. 아직 서로 적개심을 버리지 않고 있어서 연합군이 되지 못했다. 할 수 없이 왈패들과 풍산개는 양쪽으로 갈라져서 냄새를 추적하고 포위망을 좁혀 나갔다.

서로의 고향에 가깝게 왈패들은 남쪽으로 가고 풍산개도 자연스럽게 북쪽으로 가서 포진했다. 모두 고향에서 버림받고 쫓기는 신세였음에도 한때 자신들의 고향을 본능적으로 의식했다.

스멀스멀한 낯선 냄새를 맡은 노루는 귀를 쫑긋 세웠다. 귀가 큰 노루가 소리의 진원지를 포착하기 위해서 귀때기를 이리저리 움직거리며 레이더를 작동시켰다. 노루는 귀만 작동하는 게 아니라 개 코 못지않은 코도 벌름거렸다. 때마침 남녘에서 불어오는 바람결에 퀴퀴한 왈패들의 비린내가 실려 왔다. 왈패들은 오랫동안 야생에서 늑대나 다름없는 먹거리로 살아서 어느덧 늑대 냄새를 풍겼다. 노루는 잔뜩 웅크린 몸뚱이를 솟구쳐 북쪽 갈대밭으로 내달았다. 노루는 눈에 보이는 짐승에게 직접 쫓기는 때가 아니면, 일직선으로 내달리는 게 아니라 혹시 있을지 모르는 위험을 눈으로 파악하기 위해 껑충껑충 뛰면서 내달렸다. 남녘에서 몸을 낮추고 살금살금 접근하던 왈패들은 사정권에 들어오기 전에 노루가 도망치자 멍하게 바라보기만 했다.

허탕이네!

휑한 가슴을 다독이며 돌아서려는데 북쪽에서 캑 하는 노루의 비명이 들렸다. 왈패들은 그제야 풍산개가 북쪽으로 간 사실을 깨닫고 그리로 다가갔다. 아닌 게 아니라 풍산개는 노루를 때려눕히고 벌써 배를 찢어서 내장을 파먹고 있었다. 풍산개가 사냥에 명수라는 소문은 거짓부렁이 아니었다. 왈패들이 접근하자 풍산개는 피 칠갑을 한 얼굴로 이빨을 드러내고 으르렁거렸다. 낯짝에 선혈이 낭자한 풍산개의 으르렁거림은 한층 살벌했다. 모처럼 피 냄새를 맡은 왈패들은 위가 뒤틀리도록 허기가 느껴져서 미칠 지경이었다. 풍산개와 전쟁을 치르느라 아무것도 먹지 못하고 체력 소모가 극심했던 타라 염치불구하고 왈패들은 먹거리에 다가갔다. 풍산개는 더 거칠게 으르렁거리며 경고했다.

"이건 내가 잡은 거니까 내 거야."

그건 맞는 말이기도 하지만 틀린 말이기도 했다. 누렁이가 단박에 받아쳤다.

"어림도 없는 소리 말아. 네가 혼자 잡은 게 아니라 우리가 노루를 너한테 몰아줬잖아, 이 바보야. 그래서 이 노루는 우리랑 골고루 나누어야 하는 거야. 안 그래?"

"맞아! 맞아"

누렁이의 말대꾸에 풍산개의 기세가 밀리는 틈을 타고 허스키, 달마티안, 도사견, 조무래기 푸들까지 이구동성으로 맞장구를 쳤다.

누렁이의 그럴듯한 말주변에 풍산개가 멈칫하는 사이, 왈패들은 누가 먼저랄 것도 없이 달려들어 노루를 먹기 시작했다. 풍산개는 이미 배를 상당히 채웠는지 더는 험악하게 굴지 않고 같이 나눠 먹는 데 패악을 부리지 않았다. 왈패들이 달려들자 노루는 순식간에 발기발기 찢겨서 왈패들의 배 속으로 사라졌다.

호모사피엔스는 오래전부터 털을 그을려 고기만 먹었지만, 짐승들은 털이 있는 가죽까지 모두 먹어치운다. 고기먹는짐승들은 뼈까지 모두 소화하고 터럭과 최소한의 찌꺼기만 배설한다. 그만큼 소화력이 높다. 털은 내장을 청소하는 기능까지 하는 것이다. 그래서 고기먹는짐승들은 식이섬유가 있는 채소를 따로 먹지 않아도 된다.

아무튼, 노루는 순식간에 갈비뼈까지 모두 사라진 굵은 등뼈, 머리통, 발굽만 남았다. 등 따습고 배부르면 눕게 마련이다. 바야흐로 한낮의 볕은 따사로워져서 풍산개와 왈패들은 양지쪽에 누워서 피 칠갑을 한 얼굴을 긴 혀를 내두르며 닦았다. 그러나 주둥이 둘레는 혀가 닿지만, 눈두덩이나 귀때기까지 피가 묻어서 혼자서는 해결이 되지 않는다. 그래서 왈패들은 그 피 칠갑을 서로 핥아주었다. 피 칠갑을 핥아내지 않으며 벌레가 끼고 진드기가 파고들기 때문에 식사 뒤의 설거지나 마찬가지인데, 서로 간에 친밀감을 높이는 의례이기도 했다. 왈패들은 서로 설거지를 해줄 수 있지만, 풍산개는 외톨이라 왈패들의 설거지를 부러운 눈으로 바라보기만 하다 혼자 중얼거렸다.

"나는 응달에 쌓인 눈밭에 가서 문질러야겠네."

풍산개는 혼잣말로 중얼거리며 일어섰다.

누렁이가 풍산개의 심정을 읽었다. 누렁이는 낮은 자세로 풍산개에게 다가가서 코를 비비며 풍산개의 눈두덩에 묻은 피 칠갑을 살살 핥아주었다. 풍산개는 아무런 저항을 하지 않고 누렁이에게 얼굴을 맡겼다. 누렁이가 풍산개의 눈두덩을 핥아주자 이번에는 풍산개가 누렁이의 얼굴을 핥기 시작했다. 오는 정 가는 정이 생긴 것이다. 그뿐만이 아니라 누렁이는 풍산개 몸에서 별난 냄새를 맡았다. 큼큼거린 결과 샅에서 나는 냄새였다. 누렁이는 생전 느껴보지 못한 기묘한 느낌이 아랫도리로 올라왔다. 묵직한 꿈틀거림 같은 것. 한 번도 경험해보지 못한 기묘한 흥분이 온몸에 용솟음쳤다.

고기먹는짐승들은 풀만먹는짐승들이 새끼를 낳는 봄에 때를 맞춰 새끼를 낳는다. 풀만먹는짐승들의 새끼를 잡아다 자신들의 새끼를 키우려는 오래된 술책이다. 그래서 늑대들은 맹추위가 지나고 나면 교미에 들어간다. 두 달 남짓 뒤에 따뜻한 봄이 되면 새끼를 낳기 위해서이다. 남의 새끼를 잡아다가 제 새끼를 키우는 악질이라고 생각할지 모르지만, 사실은 그게 아니다. 고기먹는짐승이 없고 풀만먹는짐승만 있다면 풀이 모두 바닥나서 굶주리게 될 것이다. 그게 아니더라도, 자연생태계에는 주기적으로 돌림병이 돌아서 멸종해버릴 수 있다. 병들고 허약한 종자를 적당히 솎아주어야 나머지 개체들의 건강성을 유지할 수 있다. 그래서 고기먹는짐승이 필요한 것이다. 풀만먹는짐승들 중에서 강인한 놈들은 고기먹는짐승들의 추적을 따돌리고 살아남기 마련이고, 허약하거나 병든 놈들은 고기먹는짐승들의 밥이 되어 돌림병을 막고 생태계의 균형을 유지해 준다.

노루 사냥으로 풍산개와 왈패들 사이에 전쟁은 사라지고 함께 살아야 한다는 현실적인 이유가 분명해졌다. 자연스럽게 풍산개가 왈패들의 소굴에 합류했다. 전쟁이 사라지고 평화가 왔으니까 좋기도 하지만 누렁이는 풍산개의 암내에 혼을 빼앗겨서 졸졸 따라다니게 되었다. 그러나 풍산개는 누렁이를 반기지 않았다. 오히려 체격이 당당한 허스키나, 미끈하게 쭉 빠진 달마티안 곁에 자주 다가갔다. 수놈이라고는 하지만 조무래기 푸들은 거들떠보지도 않았다. 그러나 허스키나 달마티안은 아무런 반응을 보이지 않았다.

모든 암놈은 건강하고 지혜로운 수놈이 아니면 절대로 몸을 맡기지 않는다. 건강한 새끼를 낳아 대를 잇는 것이야말로 그들의 지상 과제이기 때문이다. 그래서 암놈이 암내를 내기 시작하면 수놈들은 남성 호르몬이 극에 달해 흥분하기 시작한다. 그 흥분은 살벌한 전투로 이어진다. 할퀴고 물어뜯으며 서로가 최상의 종자임을 암놈에게 보여줘야 하기 때문이다. 이 전투는 수놈들에게 숙명적일 뿐만 아니라 목숨을 건 투쟁이기도 하다. 이 전투에서 많은 수놈은 치명상을 입거나 무리에서 쫓겨나서 외톨이로 죽게 된다. 최후의 승자는 모든 암놈을 독점하고 자신의 씨를 뿌린다.

풍산개의 암내가 점점 짙어지면서 스스로 몸을 누이고 뒹굴거나, 허스키나 달마티안에게 접근해서 꼬리를 흔들고 암내를 풍겼지만 아무런 반응을 보이지 않았다. 몸이 달 대로 단 풍산개는 암내를 잔뜩 풍기고 억새밭으로 슬슬 들어갔다. 허스키나 달마티안이 따라오기를 간절히 바라는 몸짓이었다. 그러나 억새밭으로 따라온 수놈은 누렁이였다. 풍산개는 누렁이를 마뜩잖게 생각했다. 체격도 기대에 미치지 못하는 데다 눈도 한쪽이 찌그러진 애꾸였기 때문이다. 풍산개는 즉시 송곳니를 드러내고 경고를 보냈다. 그러거나 말거나 누렁이는 가까이 다가가 옆으로 누워서 앞발 위에 주둥이를 얹고 멍하게 바라봤다. 외면으로 풍산개의 으르렁거림을 누그러트렸다. 누렁이도 몸이 달기는 마찬가지지만 서둘지 않기로 했다. 풍산개가 뭘 모르고 있다는 사실을 알기 때문이었다. 풍산개가 입을 다물고 송곳니를 감추자 누렁이는 몸을 털고 일어나 데면데면하게 풍산개 주변을 빙빙 돌았다. 혼례를 치르려는 의식에 돌입했다. 허스키나 달마티안보다 체격은 크지 않아도 건강하고 지혜로운 자태를 보여주기 위해서였다. 그러나 풍산개는 다시 송곳니를 드러내고 거부반응을 보이며 컹컹 짖어대자 누렁이가 회심의 일격을 가했다.

"너는 아직 개구나, 개. 개는 컹컹 짖어대지만 우리는 멋지게 하울링을 해. 우리는 이미 늑대라 이 말이야."

누렁이는 목을 길게 뽑고 하울링을 선보였다. 누렁이의 하울링에 풍산개는 한결 기가 죽었으나 아직도 거부반응을 냉큼 버리지 않았다.

"그래도 애꾸눈은 싫어."

그 한마디에 누렁이는 풍산개가 왜 자신을 싫어하는지 금방 알게 되었다. 누렁이는 슬쩍 웃음을 흘리며 대꾸했다.

"내가 처음부터 애꾸가 아니었어. 우리를 모조리 죽이려는 놈들의 총에 맞은 거라고."

풍산개는 누렁이를 뜨악하게 바라봤다.

"내가 어째서 당당한지 알기나 해?"

풍산개가 조금 더 관심을 보였다.

"개농장을 도망친 오사리들을 내가 오금쟁이가 저리도록 여기까지 끌고 왔잖아. 그리고 나는 자연산이고 쟤들은 인공 양식이야."

"인공 양식이 뭔데?"

"쟤들은 인간들이 안방에서 노리개 삼아 키우던 애들이야."

"양식이면 어때? 멋있으면 되지."

"너는 진짜 세상 물정을 모르네. 쟤들은 유기견 보호소에 있을 적에 죄다 불임 시술을 받았다고. 주사를 맞아서 강아지를 낳을 수 없다니까."

"유기견 보호소가 뭐야?"

"고아원 같은 데."

그제야 풍산개는 자기가 그렇게 꼬리를 쳐도 허스키와 달마티안이 본 체 만 체한 까닭을 알게 되었다. 그러나 풍산개는 아직 누렁이가 선뜻 내키지 않아서 따져 물었다.

"네가 자연산이라고? 잡종이잖아?"

누렁이는 대뜸 반박했다.

"잡종? 그런데 왜 우리는 모두 순종이어야만 해? 그건 인간들이 우리를 노리개로만 보는 거야. 무슨 상표를 붙여야 값이 나가는지를 알리려는 거야. 그러나 내 핏줄에는 요 땅바닥의 근력이 두텁게 흐르고 있어. 너랑 짝을 맞추면 번듯한 새끼를 낳을 거야."

누렁이는 풍산개에게 꿀리지 않으려고 아까 스스로 진돗개라고 말했지만 부끄럽지는 않았다. 이제 자신의 모든 속을 내보이고 다가가야 할 때라고 느꼈다.

풍산개는 멋쩍으면서도 몸이 달아서 누렁이의 코앞에 꼬리를 살랑살랑 흔들었다.

짐승들은 아무 때나 암내를 내는 것이 아니다. 때를 놓치면 험난한 야생에서 언제까지 살아남는다는 보장이 없다. 따라서 몸이 달 수밖에 없다. 암내가 누렁이의 코에 진동했다. 누렁이가 신호를 알아채고 뒤를 올라타려는데 풍산개가 슬쩍 몸을 빼더니 더 으슥한 억새밭으로 들어갔다. 아주 아늑한 곳에 신방을 차리려는 속셈이었다. 누렁이는 곧바로 뒤따라가서 풍산개의 살을 핥았다. 꿀이 철철 흐르는 진국이었다. 누렁이는 바로 올라타고 자신의 하체에서 비어져 나온 달궈진 가락을 디밀었다. 풍산개의 살은 보드랍고 매끄러웠다. 누렁이는 가락이 저릿저릿하게 절구질했다. 달궈진 가락뿐만 아니라 온몸이 그리로 빨려 들어갔다. 아무것도 바랄 것이 없는 무아지경에 빠졌다. 달궈진 가락이 풍산개의 몸에 깊숙이 들어가자 풍산개도 못 견디겠다는 듯이 고개를 틀어서 누렁이의 목을 물고 잘근잘근 씹었다. 그 짜릿함이 그대로 가락에 전달되었다. 완전한 결합이 이루어지자 누렁이가 풍산개의 등에서 내려와서 서로 뒤를 맞대고 돌아섰다.

개는 유연한 음경골이 있어서 어떤 짐승보다 음경이 크다. 끝에는 음경방울이 있어서 그리로 정자가 가득 차야만 사정을 한다. 그 시간이 매우 길어서 인간들은 개를 은근히 부러워한다. 삼십 분에서 한 시간 가까이 걸리기도 하니까. 사람들 얘기로는 개가 가축이 되면서 교미 시간에 위협을 당하는 일이 없어졌기 때문이라고 말하지만, 같은 갯과의 늑대들은 야생에서 위험에 노출되어 있음에도 똑같은 방식으로 혼례를 치르는 것으로 보아 타당한 얘기가 아니다.

그것은 고기먹는짐승과 풀만먹는짐승의 생리에 따른 것이다. 고기먹는짐승들은 집단으로 모여 있을 때 공격받지 않지만 풀만 먹는짐승들은 시도 때도 없이 위협에 시달린다. 그래서 풀만먹는 짐승들은 혼례 시간이 매우 짧다. 대부분 그 시간이 수 초에 불과 하다. 먹는 시간도 보장이 되지 않기 때문에 대충 씹어서 삼키고 안전지대에 가서 되새김질하는 반추동물로 대부분 진화한 것이 다. 고기먹는짐승들은 시도 때도 없이 풀만먹는짐승들에게 덤벼 들기 때문에 잠도 제대로 자지 못한다. 심지어 기린은 그 길쭉한 신체 조건 때문에 순발력이 떨어져서 겨우 오 분만 잔다고 한다. 그래서 아무도 기린이 잠자는 모습을 본 적이 없어서 기린은 잠을 자지 않는다는 얘기까지 있다. 말도 이와 비슷해서 서서 잔다고 한다. 살아남으려는 오랜 진화의 산물이리라. 그래서 말이 누우면 병이 난 것으로 진단한다. 오히려 고기먹는짐승들은 대체로 어두 운 밤에 사냥에 나서기 때문에 낮에는 낮잠으로 소일한다. 짐승들 은 너 나 할 것 없이 눈에 등불을 달고 다닌다.

고기먹는짐승에 속하는 갯과 동물은 위협을 받지 않고 충분히 시간을 갖고 혼례를 치를 수 있다. 고양잇과 동물들은 갯과보다 심하다. 서로 짝을 맺기로 합의가 되면 삼박 사일 일정으로 둘만 의 시간을 보낸다. 하루 수십 번의 혼례를 치른다. 고기를 먹은 정 력 때문인지 모르지만, 그 수많은 혼례에서 암컷의 배란이 촉진된 다고 한다.

누렁이가 풍산개와 뒤를 맞대고 고개를 틀어서 물었다.

"네 고향은 어디야?"

"개마고원."

"거기가 어디야?"

"여기서 아주 멀어. 너 백두산이라고 들어봤어?"

"들어봤지만 감이 안 잡히네."

"백두산, 거기 근처야. 멀기도 하거니와 그리로 가는 산이 하도 험해서 가기가 어려워. 그래서 내가 여기에 얼쩡거리게 되었어. 그리로 가면 좋은데. 먹거리도 많고."

"요기도 괜찮아. 소갈머리들이 남북으로 갈려서 고약하게 쌈박질하는 새에 요 바닥을 건드리지 않아서 그나마 쓸 만하잖아. 잡을 만한 짐승들도 수두룩하고 말이야."

"그건 맞아. 이제 인간들이 싸움박질 그만하고 터무니를 보존한다니까 더 나아질지 몰라."

누렁이와 풍산개가 도란도란 얘기를 나누는 동안 누렁이의 달궈진 가락이 점점 더 부풀어 올라서 풍산개의 동굴을 휘저었다. 가락은 노를 겄고 밑구멍은 오물거렸다. 누렁이와 풍산개는 낑낑거리며 교태인지 고통인지 분간할 수 없는 신음을 냈다. 희열과 고통은 서로 분간할 수 없는 괴성에 가깝다. 삶과 죽음이 한 몸이나 마찬가지였다. 바야흐로 그들은 절정을 향해 내달았다. 드디어 누렁이의 음경방울에 가득 찬 불씨가 폭발했다. 뜨거운 마그마가 뿜어진 것이다. 풍산개는 몸부림치며 밑구멍을 뒤틀었다. 그 마그마에 풍산개의 살이 다 녹아내렸다.

　세상의 모든 생명은 불씨에서 태어난다. 태양의 불씨에서 풀과 나무가 자라고 짐승들이 거기에 기대어 산다. 누렁이의 가락에서도 불씨가 뿜어졌다. 이제 곧 새 생명이 태어날 것이다.

　누렁이는 긴 흘레를 마치고 가락을 뽑았다. 아직 벌겋게 달궈진 가락이었다. 누렁이는 혀로 가락을 핥아서 누그러트렸다. 그러자 가락은 누렁이의 몸속으로 자취를 감췄다. 마그마의 화산 폭발도 언젠가는 멈추기 마련이다. 풍산개도 자신의 살을 핥아서 진정시키고 옆으로 누웠다. 둘 다 기진맥진해서 곤한 잠에 빠졌다.

　얼마를 잤는지 모른다. 누렁이와 풍산개는 잠에서 깨어나 몸을 부르르 흔들어서 흙을 털고 서로 코를 비비고 주둥이를 핥았다. 더할 수 없이 친밀해져서 함께 껴안고 뒹굴기도 했다. 둘은 옆구리를 맞대고 왈패들의 소굴로 향했다. 아직 어둑한 밤이지만 등불의 나라에서 소굴을 찾는 데는 문제가 없었다.

　누렁이가 도착하자 왈패들이 모두 나와 풍산개를 환영했다. 이제 적이 아니라 한 식구인 것을 왈패들은 알았다. 식구 정도가 아니라 누렁이의 짝이 된 풍산개를 여왕으로 모셨다. 소굴 안쪽의 아늑한 자리에 누렁이와 풍산개가 누울 때까지 아무도 소굴로 들어가지 않았다. 허스키도 이제 무리의 우두머리를 고스란히 내어주었다.

새로운 인연

늘대는 짝을 이룬 개체만이 새끼를 낳아서 후손을 남길 수 있다. 또한, 무리에서 자연스럽게 왕과 여왕의 위치에 오르게 된다. 사냥을 진두지휘하고 먹거리의 가장 맛있는 알짜배기를 먹을 수 있다. 누구도 이런 법칙을 어기면 여지없이 무리에서 쫓겨난다. 그런 인연은 노쇠해서 더 번식할 수 없을 때까지 이어진다.

새 식구와 함께 역동적인 삶이 시작되었다. 아직은 흰 눈이 쌓인 겨울이라 사냥하기 좋은 계절이었다. 풀만먹는짐승들이 눈 때문에 자신의 발자취를 감출 수 없는 데다, 부실한 먹거리 때문에 허약해지기 때문이다. 풀이 없으니 사슴이나 고라니는 발굽으로 눈을 헤집고 마른 풀을 뜯거나, 나뭇가지를 잘라 먹는 게 고작이다. 그뿐만 아니라, 때로는 나무껍질을 벗겨 먹기도 한다. 멧돼지는 주로 도토리나 밤 같은 견과류를 먹고 살지만, 눈이 쌓이고 땅이 얼어붙으면 이마저도 쉽지 않다. 가끔 잡아먹는 들쥐나 뱀 같은 보양식도 찾기 어렵다. 이때가 고기먹는짐승들은 호황기라고 할 수 있다.

드디어 누렁이와 풍산개가 선두에 서서 사냥을 나섰다. 식구가 불어나고 영양식이 필요해서 멧돼지 사냥을 하기로 했다. 다리가 긴 사슴 종류는 웬만큼 쌓인 눈밭을 내달리는 데 크게 지장이 없으나 멧돼지는 좀 다르다. 다리가 짧은 데다 몸통이 비대해서 동작이 굼뜨기 마련이다. 눈이 많이 쌓일 때는 몸통을 끌며 다닐 지경이다. 그나마 GP가 있을 때는 내버리는 잔밥으로 허기를 채웠지만, GP가 모두 철수해버려서 한층 궁핍한 겨울을 보내고 있었다. 누구든 손쉬운 먹거리가 있으면 거기에 길들여진다. 손쉬운 것은 언젠가 대가를 치른다.

늑대가 개로 변신한 것도 따지고 보면 먹거리 때문이었다. 순하고 허약한 늑대가 호모사피엔스 모닥불 주변에서 얼쩡거리다가 그네들이 먹다 남은 살점 나부랭이와 뼈다귀를 받아먹으면서 개가 되어버렸다. 그때부터 개는 자신들의 하울링을 잊어버리고 컹컹 짖어대는 호모사피엔스의 지킴이 역할을 자청한 것이다.

멧돼지 추적은 그리 어렵지 않았다. 발자취만 쭉 따라가면 얼마 지나지 않아서 멧돼지 냄새가 코를 찔렀다. 왈패들은 넓은 포위망을 구축할 것도 없이 얼마 가지 않아 멧돼지와 마주쳤다. 덩치가 우람한 수돼지였다. 흥분한 수돼지는 콧김을 내뿜으며 엄니가 툭 불거진 주둥이를 내둘렀다. 왈패들은 그들의 전통 방식대로 수돼지를 빙 둘러쌌다. 엄니에 부닥치면 위험해서 정면에서는 공격을 유인하고, 뒤에서 다리를 물어뜯어서 생채기를 냈다. 수돼지가 옆이나 뒤로 몸을 틀면 그때마다 반대쪽의 옆과 뒤가 다른 왈패들에게 노출되어 물어뜯겼다. 하얀 눈밭이 붉은 피로 얼룩지기 시작했다. 수돼지는 점점 기력이 쇠약해져서 뒷다리를 구부리고 주둥이로만 저항했으나 얼마 가지 못해서 넘어졌다. 이때 아가리 힘이 센 도사견이 수돼지의 목을 물고 늘어졌다. 수돼지는 꽥꽥거리며 돼지 멱따는 소리를 내다 숨을 거뒀다.

누구의 죽음은 다른 누구의 양식이 되었다. 늑대의 율법대로 누렁이와 풍산개가 수퇘지의 뱃가죽을 찢고 맛있는 간과 내장을 파 먹었다. 추운 겨울에 따뜻한 진수성찬이었다. 나머지 왈패들은 거리를 두고 왕과 여왕의 식사를 지켜보며 입맛을 다셨다. 왕과 여왕이 식사를 마치고 서로 피 칠갑을 핥아주는 설거지에 들어가자, 잽싸게 달려들어 수퇘지를 발기발기 찢어먹었다. 설거지는 식구들이 가족애를 단단하게 하는 중요한 의식이었다. 정말 오랜만에 풍성한 먹거리였다. 왈패들은 우람한 수퇘지를 한꺼번에 다 먹을 수 없어서 남은 고기를 풀잎으로 덮어두었다. 식사를 마친 왈패들이 빙 둘러서서 의기양양하게 목을 길게 빼고 하울링을 했다.

오 후 우!!!

왈패들의 사기는 높아졌다. 왈패들은 몸이 재빠른 고라니나 노루보다 멧돼지 사냥에 집중하게 되었다. 멧돼지들은 암수 어미와 십여 마리의 새끼들이 떼거리로 다니기 때문에 어미를 놓친다고 하더라도 새끼 하나는 걸리게 되어 있었다. 그러나 거기에 따른 위험도 뒤따랐다. 우람한 수퇘지와 암퇘지는 엄니가 툭 불거져 있어서 큰 위협이 되었다. 궁지에 몰리면 날카로운 엄니를 치켜들고 대들었다. 그 엄니에 베이면 웬만한 쇠가죽도 갈라지게 된다. 그러나 그런 위험이 따르더라도 멧돼지는 쫓을 만한 가치가 충분했다.

어느 날, 왈패들은 멧돼지 떼거리를 발견하고 추격에 나섰다. 그들은 만만한 집단이 아니었다. 암수 어미들이 우람할 뿐만 아니라 새끼들도 조무래기가 아니라 어미 언저리에 갈 만큼 당당한 체구를 자랑하고 있었다. 왈패들의 추격을 눈치챈 멧돼지들은 터럭을 세우고 여차하면 들이받을 자세를 취하기도 했다. 자신들이 만만한 집단이 아님을 보여주고 이내 어미를 선두로 달아나기 시작했다. 그들은 체격에 걸맞게 도망치는 발걸음도 탄력이 넘쳤다. 왈패들도 사냥 경험이 축적되어 자신 있게 추격에 나섰다. 그러나 거리가 쉬 좁혀지지 않았다. 왈패들은 죽을힘을 다해 달렸다. 그러자 조금씩 거리가 좁혀졌다. 왈패들은 혀를 빼물고 달리고 멧돼지들도 콧김을 내뿜으며 달렸다. 거리가 좁혀지자 멧돼지들이 헐떡거렸다. 위기가 가까워질수록 초조해지고 힘이 드는 것이다. 맨 앞에서 달리던 암돼지와 수돼지가 위험을 감지했다. 달리기만으로 이 위기를 벗어나기 어렵다는 것을 깨달은 것이다. 비상한 수단을 찾아내야 했다.

"계속 도망치기도 어려워. 조금 더 가면 절벽인데."

수돼지가 암돼지 옆에 콧김을 내뿜고 달리면서 말했다.

"그러게. 큰일 났네. 근데 말이야. 조금 더 가면 땅굴이 있는데."

"그 땅굴, 북쪽에서 뚫었다고 하는 땅굴."

새로운 인연

"그래, 그 땅굴. 그리로 도망치자."

"펜스로 땅굴 입구를 가로막아놓았던데."

"그거야 문제없지. 들이받으면 한 방에 끝나."

"그래, 그 길밖에 없겠다. 다른 수가 없어."

어미 멧돼지들의 말대로 그들은 땅굴로 뛰어들었다. 땅굴은 어둡고 축축했다. 뒤늦게 쫓아온 왈패들도 땅굴로 뛰어들었다. 땅굴 속으로 내달리던 멧돼지들이 또 다른 위기를 맞았다. 땅굴은 얼마 가지 않아서 앞이 꽉 막혀 있었다.

"북쪽에서 뚫었다는데 왜 막혀 있어?"

"글쎄 말이야. 큰일이네."

멧돼지들은 땅굴로 북쪽으로 도망칠 생각이었다. 멧돼지들은 북한이 아니라 지옥으로라도 도망치고 싶은 심정이었다. 그러나 얼마 가지 못해서 앞이 꽉 막혔다. 땅굴은 길지 않아서 멧돼지들은 독 안에 든 쥐가 되고 말았다. 땅굴로 북쪽으로 달아나려는 계획은 허사였다. DMZ 남쪽 철책선 가까이에 있는 땅굴은 북쪽으로 통하지 않은 짧은 땅굴에 지나지 않았다. 그러나 죽으라는 법은 없다. 멧돼지들은 전열을 정비하고 반격에 나섰다. 암돼지와 수돼지가 앞장서고, 그 뒤로 십여 마리의 새끼들이 나란히 진용을 짜고 주둥이를 껄떡거리며 진격했다. 땅굴의 폭도 넓지 않아서 멧돼지들이 진용을 짜고 전진하자 왈패들이 뒤로 밀리기 시작했다.

왈패들은 멧돼지와 정면에서 싸울 수 없었다. 날카로운 엄니를 휘두르는 주둥이를 피하고 뒤에서 다리를 공략해야 하는데, 뒤로 갈 수 있는 공간이 없었다. 이에 땅굴에서 밀리는 왈패들을 보고 사기가 오른 멧돼지들은 수비적인 자세를 벗어나서 박치기 공격을 하기도 했다. 멧돼지들이 차례로 왈패들을 들이받고 뒤로 빠지는 작전을 구사했다. 왈패들은 멧돼지들의 공격에 속수무책으로 당하면서 뒤로 물러났다. 더욱 사기가 오른 멧돼지들이 왈패들을 아예 굴 밖으로 밀어냈다. 그러나 거기까지는 멧돼지들의 승리였지만 굴 밖에서는 얘기가 달랐다. 멧돼지보다 재빠른 왈패들이 멧돼지의 뒷다리를 물었다. 멧돼지들의 비명이 DMZ에 울려 퍼졌다. 멧돼지들은 비명을 내지르며 땅굴 속으로 도망쳤다.

왈패들과 멧돼지들은 땅굴 입구에서 공방전이 계속되었다. 멧돼지들이 땅굴을 등지고 박치기 공격으로 어느 정도 자신들을 보호했다. 그러나 퇴로가 없는 땅굴에 언제까지 머물 수가 없다는 걸 알고 수시로 도망칠 기회를 노렸다. 반대로 왈패들은 독 안에 든 쥐나 마찬가지인 멧돼지들을 포기할 수 없었다. 서로 밀고 밀리는 공방전에서 왈패들의 으르렁거림과 멧돼지들의 '돼지 멱따는' 소리가 요란하게 메아리쳤다.

남쪽 철책에서 경계를 서던 초병이 요란한 드잡이 소리에 눈이 번쩍 뜨였다. 맹수들의 으르렁거림을 그냥 지나칠 수 없어서 상부에 보고했다. 더군다나 거기는 접근 금지 구역으로 되어 있는 남침 땅굴 입구였다. 남쪽 초소에서는 바로 수색대가 조직되었다.

새로운 인연

짐승들의 실체가 정확히 파악되지 않았지만, 접근금지 구역의 방어와 보호 명령이 떨어졌다. 소규모 부대인 수색대는 땅굴 입구에서 벌어지는 공방전에 놀라서 신병이 총부터 쏘아댔다. 총소리는 짐승들을 공포로 몰아넣었다. 땅굴에서 왈패들을 밀어내기 위해서 멧돼지들이 왈패들의 꽁무니를 치받고 나오는 순간이었다. 갑자기 요란한 총소리를 들은 멧돼지와 왈패들은 제각기 도망치기 바빴다.

병사들의 서투른 총질에 짐승들이 모두 도망쳐서 사태를 수습하는 데는 성공했지만, 예상 밖의 일이 벌어지고 말았다. 인근에서 생태계 조사를 하던 생태학자가 초병이 쏜 유탄을 맞고 쓰러진 것이다. DMZ에 비상이 걸렸다. 남북이 DMZ에서 무력을 쓰지 않기로 한 합의를 위반했을 뿐만 아니라, 남북이 사건을 수습하기 전에 세계적인 학자의 피습으로 사건이 언론에 고스란히 노출되고 말았다.

남쪽은 곤란한 입장에 빠졌다. 고의적인 사고가 아니라 짐승들 때문에 벌어진 우발적인 사고였음을 입증해야 하는데, 하필 남측 땅굴 입구에서 벌어진 사건이라 진상 조사 같은 절차를 밟기 어렵게 된 것이다. 땅굴은 매우 예민한 문제였다. 남쪽은 북쪽에서 땅굴을 팠다고 주장했지만, 북쪽에서는 극구 부인하고 모략이라고 맞섰던 사안이었다. 수 킬로미터의 땅굴을 파면 어마어마한 버력이 나오는데, 그런 게 있느냐. 지금은 위성으로 그런 걸 다 볼 수 있는데 증거가 있으면 대라고 추궁했었다. 잘못하면 과거의 예민한 정치적 쟁점에 휘말릴지 모르는 일이었다. 그러나 의외로 언론은 잠잠했다. 남침 땅굴의 진위를 가리려는 노력은 아무도 하지 않았다. 한번 굳어진 고정관념을 사람들은 바꾸려 하지 않았다. 진실이 드러나는 일은 애써 외면했다. 오히려 우리 바깥에서 외신들이 땅굴의 진위를 가리려는 취재가 시작되었다.

　이런 즈음에 북쪽에서 진상조사단이 인공기를 앞세우고 땅굴로 다가왔다. 자신들이 파견한 생태학자의 피습을 조사하겠다고 나선 것이다. 남쪽은 이를 저지하기 위해서 수색대를 전진 배치하고 대치하기에 이르렀다. 남쪽도 북쪽에 대응해서 태극기를 앞세웠다. 이는 양쪽 다 협정 위반이었다. DMZ 안에서 무력뿐만 아니라 인공기와 태극기를 쓰지 않기로 한 터였기 때문이다. DMZ에서 GP가 모두 철수된 뒤 처음 벌어진 무력충돌 위기였다. 긴장이 높아질수록 양측 병력도 늘어났다.

꿈틀거리는 DMZ

각급 분야 남북 실무자 회담에서 교류와 협력을 위한 장기적인 의제를 다루지만, 바로 실현할 수 있는 사업을 실천하는 것도 주요 임무였다. 그중 하나가 DMZ의 관리와 '평화생태공원' 비전 발굴이었다.

DMZ는 남북 분단으로 칠십 년가량 인간의 간섭이 최소한으로 이루어진 생태환경이다. 이는 세계 어디에도 없는 보기 드문 것이다. 동서 250킬로미터, 남북 4킬로미터는 전쟁과 증오와 음모의 공간에서 생태환경과 평화를 꿈꾸는 환상의 공간으로 상상력을 자극했다.

DMZ의 평화생태공원 조성에 앞서 대대적인 식물, 포유류, 조류, 양서류, 파충류, 육상곤충, 어류, 저서무척추동물에 대한 조사가 이루어졌다. DMZ는 서쪽이 낮고 동쪽이 높은 우리나라 지형의 특성을 그대로 보여줬다. 이는 습지, 하천, 초지, 산악, 해안 등 지형의 굴곡만큼이나 생물 다양성이 높게 나타났다.

조사를 위해 정부 기구, 학계, 민간 연구원 등 전문가가 동원되고 관찰 카메라, 포획틀, 샘플 채집 등 다양한 방식이 도입되었는데, 보고서에 넣지 않은 카메라 관찰 기록을 두고 설왕설래가 끊이지 않았다.

말하자면, 왈패들이 카메라에 포착되면서 DMZ의 포유류 개체군에 왈패들을 넣어야 한다는 주장과 일시적인 외래 침투 동물 개체를 보고서에 담을 필요가 없다는 주장이 맞서고 있었다. 외래 식물도 현지 적응으로 생태계의 일부가 되면 조사 대상에 포함하고 관찰하는 것과 마찬가지로, DMZ에 침투한 왈패들도 서식 야생동물에 포함해야 한다는 주장이 민간 생태학자들 중심으로 제기되었다. 더군다나 왈패들의 멧돼지 포식 장면을 두고 더 뜨거운 논쟁거리가 되었다. 멧돼지, 고라니 등 풀만먹는짐승들의 개체 수 증가로 가뜩이나 골머리를 앓고 있는 당국자들에게도 관심거리였다. 적당한 개체 수 조절을 위해서는 고기 먹는 짐승들과 풀만먹는짐승들의 균형 유지가 필요한데, 마땅한 대안이 보이지 않던 참이었다.

환경부 산하에서 늑대 복원 프로젝트를 하고 있었으나 사업 진도가 부진하여 엉거주춤하던 때였다. 북한과 시베리아에서 들여온 늑대를 번식시켰으나 그때마다 기형아로 태어나거나 알 수 없는 병에 걸려서 시름시름 앓다 죽어버렸다. 개농장을 탈출한 왈패들이 처음 카메라에 포착되어 관변 학계와 민간 생태학자 사이에 붙었던 해묵은 논쟁이 재연될 조짐이 보였다. 풀만먹는짐승들의 개체 수 조절을 위해서 '늑대'가 필요한 것이냐, '늑대 기능'이 필요한 것이냐 하는 논쟁은 꼬리를 물고 이어졌다. DMZ의 생태환경 조사에 외래식물처럼 안정적인 생존 적응이 확인된 개체는 보고서에 담아야 한다는 재야 생태학계의 주장은 반영되지 않았다. 설왕설래하던 끝에 왈패들의 문제는 보고서에 넣지 않고 다음 과제로 남겼다.

특히 포유류 조사에서 사향노루는 큰 주목을 받았다. 남한 어디에도 존재하지 않는 천연기념물이 DMZ에 생존한다는 사실 자체가 큰 화젯거리였다. 해발 1,000미터 이상 고지대의 몽골, 시베리아에 주로 서식한다고 알려졌을 뿐이다. 사향노루는 화약 냄새 가득한 DMZ가 사향의 신비한 향으로 새롭게 탄생한다는 환상을 불러일으켰다. 사향이라는 신비한 약재는 죽어가는 사람도 살려내고, 번식 기능도 단번에 회생시키는 효능으로 알려져서 신비로움을 자아냈다. 평화생태공원 기획단은 슬로건을 내걸고 대대적인 홍보에 들어갔다.

"사향으로 가득한 DMZ."

DMZ를 평화생태공원으로 가꾸기 위해서 남북한 컨소시엄 형태의 합작기업이 지뢰 제거 작업과 생태환경 조사 인력을 제공하고 투자에 뛰어들었다. 지뢰 매설은 생각보다 광범위하게 퍼져 있어서 남북한뿐만 아니라 세계적인 전문 인력과 자원봉사자의 대거 투입이 요청되었다. 이보다 더 큰 평화 프로젝트는 어디에도 없었다. 그만큼 DMZ는 평화를 위협했던 죽음의 공간이었다.

　　일부 환경단체가 DMZ를 원형 그대로 보존해야 한다고 주장했다. 유해 발굴과 역사유적 발굴 같은 문화 인도주의 사업을 빤히 알면서도 교조적인 원론만을 앞세웠다. 그리고 수많은 단체가 제 나름의 목소리로 아우성을 쳤다.

　　먼저 DMZ 인근 주민들이 앓는 소리를 했다.

　　"아, 경치 좋다고 처다만 보고 있으면 누가 밥 먹여준대요? 요즘 군인 쪽수가 팍 줄어들어서 여기 주민들 사는 게 말이 아니에요. 군인들 외출 외박으로 먹고살던 주민들 다 거덜나게 생겼슈."

　　평화공원 개발을 시답지 않게 사시로 바라보던 보수단체가 괜히 끼어들어 초를 쳤다.

　　"평화가 말로만 됩니까? 전쟁을 일으킨 놈들 잡아들이고 요절을 내야 그런 일이 다시 안 생기지."

　　더 절박한 전쟁 실종자 유가족들은 울먹거렸다.

　　"우리는 아버지, 할아버지 제삿날도 못 잡고 그냥 생신날에 제사를 모신다니까요. 다른 건 몰라도 유해 발굴이 먼저 아닙니까?

혼이라도 모시게 해주세요."

환경단체와 조금 다른 시각을 가진 문화재청 관계자도 나섰다.

"환경 보존, 이해는 합니다만 태봉국 도성이 DMZ 안에 그대로 묻혀 있어요. 최소한의 발굴 보존으로 잃어버린 역사를 되찾아야 합니다. 역사의 보고를 그냥 두고 보자는 건, 진수성찬을 차려놓고 눈으로만 보라는 것과 다름없습니다. 경원선 철도를 복원시키면 국립공원이 되고도 남는 추가령지구대에 곧바로 갈 수 있습니다."

평화생태공원 추진기획단도 슬그머니 거들었다.

"평화생태공원은 DMZ를 마구 파헤치자는 게 아닙니다. 남북 양쪽에 있던 GP를 연결하는 가로 선이라고 보면 됩니다. 최소한의 통로입니다."

평화생태공원 추진기획단은 수많은 단체의 아우성을 나름 다독이면서 조심스럽게 계획을 실행해야만 했다.

그 상상력을 현실화시키기 위해서 본격적으로 투자가 뒤따랐다. 지뢰 제거 작업과 생태환경 조사에 민간 자본이 투입되자, 자연스럽게 DMZ에 대한 개발권도 그들에게 넘어갔다. DMZ를 평화생태공원으로 조성하고 사파리 투어를 할 수 있는 관광 프로그램이 기획되어 펀딩에 들어갔다. 세계적인 관심으로 순식간에 펀딩에 불이 붙었다. 주먹만 한 눈 뭉치가 언덕을 굴러 내려가서 집 채만 한 눈덩이가 되어버렸다.

가장 어려운 문제가 지뢰 제거였다. DMZ 내의 모든 지뢰를 제거하려면 이백 년이나 걸린다는 조사결과도 나왔다.

DMZ에는 대인·대전차 지뢰 따위가 이만여 발이 묻혀 있을 것으로 추정했다. 매설된 장소가 불분명하고 제거 대상 구역도 넓었다. 군인들이 들어가서 작업하려면 많은 시간이 걸리고, 상당한 위험이 뒤따랐다. 양심적 병역 거부자들을 지뢰 제거 작업에 투입해야 한다는 볼멘소리도 나왔다.

남북 군사 당국 간에 합의한 DMZ 내 GP 완전 철수, DMZ 내 6·25 전사자 공동 유해 발굴, 태봉국 도성 문화유적 발굴, 남북 관리구역 확대 등의 협력 사업을 진행하려면 이곳에 묻혀 있는 대인·대전차 지뢰를 걷어내는 작업이 먼저 이뤄져야 했다.

군은 지난 2002년 경의선, 동해선 연결 공사 때 독일제 지뢰 제거 장비인 리노(Rhino)와 마인 브레이커, 영국제 장비인 도리깨 방식의 MK-4 등을 투입했으나, 이들 장비는 오랫동안 사용하지 않아 폐기되었다.

그래서 군은 신형 지뢰 제거 장비 개발 검토와 함께 드론 등 무인체계를 이용해 지뢰를 제거하는 방안 연구에 착수했다.

마침, 아프카니스탄 출신의 디자이너인 마수드 하사니(Massoud Hassani)는 지뢰 제거용 드론인 MKD(Mine Kafon Dron)을 개발, 크라우드 펀딩 사이트인 킥스타터를 통해서 펀딩 캠페인에 들어갔다. 펀딩 목표 금액은 7만 유로였으나 순식간에 배로 늘어나 성공적인 펀딩을 마쳤다. 마수드 하사니는 이 드론을 활용하면 십 년 안에 전 세계에 있는 모든 지뢰를 제거할 수 있다고 큰소리쳤다. 마수드 하사니 자신은 안전한 네덜란드에 살지만, 자신의 고향 아프카니스탄에서 많은 서민이 죽고 다치는 참상을 견딜 수 없어서 착안하게 되었다고 술회했다.

기존의 방식대로 지뢰를 탐색하기 위해서는 군인(기술자)들이 금속탐지기를 들고 다니면서 탐색 작업을 하거나 지뢰 탐지견을 활용하는데, '마인 카폰 드론'은 위험지역을 날아다니면서 3D 매핑을 하고, 지뢰를 발견하면 작은 폭발물을 지뢰 근처에서 터트려 지뢰를 제거하는 방식이었다. 우선 3D 매핑 단계에선 GPS를 이용해 위험지역의 좌표를 확인하고, 드론에 부착된 로봇 팔에 있는 금속탐지기로 지뢰를 탐지한다. 지뢰 탐색을 위해 지상 4미터까지 드론이 호버(hover) 비행을 한다. 지뢰를 발견하면 소형 폭발물을 지뢰 근처에 놓고 온다. 드론이 안전지대로 빠져나온 뒤에 타이머가 작동해 폭발시키는 방식이다.

현재 지뢰 제거에 드는 비용은 대략 개당 백만 원 정도로 추산

되지만, '마인 카폰 드론' 방식을 채택하면 6만 원 정도에 4~5개를 제거할 수 있다니, 마수드 하사니가 전 세계 지뢰를 십 년 안에 모두 제거할 수 있다고 큰소리친 것도 허풍이 아니었다.

2차 생태계 환경조사에서 풀만먹는짐승들과 고기먹는짐승들의 개체 수를 좀 더 구체적으로 파악했다. 풀만먹는짐승들 중에서 산양, 사향노루 같은 천연기념물은 개체 수를 늘리는 노력이 더해져야 하지만, 멧돼지, 고라니 같은 풀만먹는짐승은 대형 고기먹는짐승의 부재로 개체 수가 마냥 늘어나고 있었다. DMZ 안에 삵, 담비, 너구리, 오소리 같은 고기먹는짐승들이 생존하기는 하지만 토끼나 설치류가 주요 먹거리여서, 멧돼지나 고라니 같은 중대형 풀만먹는짐승들의 개체 수 증가를 억제하기에는 한계가 있다는 결론에 이르렀다.

이 대목에서 늑대의 역할이 다시 대두되었다. 늑대 복원 프로젝트의 지지부진으로 몽골과 시베리아 늑대의 직접 도입이 불가피해졌다. 그러나 한편으론 섣부른 외래 종자 도입은 신중하게 결정해야 한다는 반론도 만만찮았다. 외래 종자에서 아무도 예상할 수 없는 풍토병이나 세균 감염이 발생할 것을 우려했다. 따라서 이즈음에 왈패들의 역할을 과소평가해서는 안 된다는 현실론이 다시 등장했다. 왈패들이 대형 멧돼지를 쓰러트리고 포식하는 장면은 늑대 복원을 주장하는 학자들에게 인상적으로 다가왔다. 그래서 '늑대'와 '늑대 기능'의 설왕설래는 계속되었다. 그러나 엉뚱한 곳에서 늑대 도입을 추진하는 쪽으로 결론이 나고 말았다. '늑대'냐 '늑대 기능'이냐는 학자들의 설왕설래를 한심하게 바라보던 DMZ 평화생태공원 추진기획단은 한마디로 단박에 결론을 내버렸다.

"늑대를 보러 오지, 개를 보러 오겠냐?"

이즈음에 기획단은 늑대 복원 작업에 성공한 옐로스톤 국립공원의 사례를 제시했다. 백여 년 전에 늑대를 악마로 취급하여 사냥꾼과 인근 목장 주인들이 모조리 사살했다. 옐로스톤 국립공원에 늑대는 씨가 말랐다. 그러자 생태계에 이상기류가 나타났다. 늑대가 사라지자 잡아먹힐 일이 없어진 사슴과 엘크의 수는 크게 늘었다. 사슴과 엘크가 풀과 나무를 닥치는 대로 뜯어먹어서 공원 생태계는 무너져 버렸다.

그러다가 1995년 열네 마리의 늑대가 옐로스톤과 아이다호 주 일대에 풀렸다. 리와일딩(Rewilding)이라고 불리는 생태계 복원 방식의 하나였다. 사라진 최상위 포식자를 특정 지역에 다시 풀어놓거나, 고속도로 건설로 동물들의 발길이 끊긴 곳에 동물들이 다닐 수 있는 다리를 놓아주는 것이 리와일딩에 해당한다. 궁극적으로 인간이 간섭해서 망가진 생태계를 간섭 이전의 단계로 돌려놓는 것이 목적이다.

열네 마리의 늑대는 놀라운 방식으로 옐로스톤 생태계를 복원시켰다. 늑대의 활동으로 사슴과 엘크가 줄어들자 나무와 풀이 다시 자라나기 시작했다. 자라난 나무와 풀 덕분에 새들이 찾아왔고 비버도 돌아와 강둑을 만들었다. 늑대가 코요테를 잡아먹자 코요테의 먹이인 토끼와 쥐 같은 설치류도 늘어났다. 공원 안에 다양한 종이 살 수 있는 환경이 만들어졌다. 곰과 맹금류도 돌아왔다.

하지만 무엇보다 놀라운 변화는 하천의 흐름이었다. 늘어난 나무와 풀로 하천의 침식이 줄어들자 무질서했던 하천의 흐름이 정리되었고, 물웅덩이가 생겨 동물들이 새로운 서식지가 생겨났다. 늑대가 하천의 흐름까지 바꿔놓으리라고 생각이나 했을까. 사라졌던 최상위 포식자인 늑대를 다시 풀어놓음으로써 공원 전체의 생태계는 인간들이 망쳐놓기 이전 과거의 풍요로움을 일부 되찾을 수 있었다.

이러한 옐로스톤 늑대들 이야기는 리와일딩의 대표적인 성공 사례 중 하나로 비교적 잘 알려져 있다. 하지만 모든 리와일딩이 이렇게 성공적이지는 않다. 리와일딩 중에서도 호랑이와 사자, 곰, 늑대 등 최상위 포식자 투입은 절반 가깝게 실패로 끝났다. 가장 큰 이유는 역시 바이러스에 감염된 인간 때문이라는 게 자명하다.

애초에 포식자를 멸종에 이르게 할 정도로 사냥을 일삼는 인간들은 이들 동물의 재투입을 반기지 않는다. 잡아먹기도 하고, 죽어서 약에 쓰기도 하며, 가축을 위협하거나 농작물을 망가뜨리는 걸 막기 위해 죽이기도 한다. 심지어 옐로스톤 경계 밖에서는 여전히 늑대 사냥이 빈번하다. 단순히 늑대를 무서워하고 싫어하는 사람이 많다. 상위 포식자를 자연에 재투입하는 방식의 리와일딩은 결국 인간이 동물과의 공존을 감내하지 않으면 불가능하다는 얘기다.

전문가들은 자연 속에서 인간이 살아가는 방식을 재고할 필요가 있다고 지적한다. 인간이 세상의 지배자라는 헛된 생각을 버리고, 자연과 같은 편이며 함께 공존해야 한다는 사실을 인식해야 한다는 얘기다.

생태계의 정점에 있는 인간은 필요 이상의 탐욕과 편리를 추구하면서 지구상에서 횡포를 부린 셈이다. 문제는 이런 횡포가 생태계의 파괴로 인간 스스로 생존에도 심각한 해악을 끼치고 있다는 증거들이 속속 드러나고 있다는 점이다.

자연생태계의 서열과 약육강식은 필요한 만큼만 취하면서 균형을 유지하는 데 도움을 주지만, 일부 인간들의 약탈적인 횡포는 자연생태계를 흔들고 파괴한다. 그에 따른 폐해는 고스란히 인간들의 몫으로 돌아오고 있다. 바이러스에 감염된 인간들이 점점 늘어나면서 자꾸 문제가 불거졌다.

평화생태공원 추진기획단은 늑대로 옐로스톤을 복원하듯이, DMZ에 늑대 도입을 신중하게 검토할 시점이 되었다고 주장했다.

다시 궁지에 몰린 왈패들

권력과 자본의 힘으로 쓸데없는 설왕설래를 제압한 평화생태공원 추진기획단은 왈패들을 포획 제거하기로 했다. 애초에는 사냥꾼 투입으로 사살 작전을 구상했으나, 모처럼 찾아온 DMZ 안의 평화 분위기에 총소리를 내서는 안 된다는 여론 때문에 포획틀로 제거하는 쪽으로 결론을 내렸다.

최근 전국 각지에서 야생 유해 짐승 피해가 급증했다. 특히 농작물에 심각한 피해를 주는 멧돼지 포획을 위해 농촌진흥청에서 멧돼지 포획 트랩을 개발했다. 멧돼지 한두 마리를 포획하는 게 아니라, 아주 가족 일당을 몽땅 일망타진하는 사례도 종종 있었다.

먼저 매일 닷새 동안 멧돼지들이 안심하고 먹을 수 있도록 먹이를 공급한다. 그리고 그 자리에 멧돼지 트랩을 설치하고 문을 열어둔 채 사흘 정도 먹이를 줘서 안심시킨 다음, 가족들이 모두 모여 먹이를 먹을 때 포획하는 방식으로, 성공률이 매우 높았다.

　DMZ는 그곳에 안착한 왈패들에게 젖과 꿀이 흐르는 천국이나 마찬가지였다. 먹거리도 풍부하고, 풍산개와 한 무리를 이룬 뒤에는 활동 범위도 더 넓어져서 거리낄 게 아무것도 없었다. 게다가 추운 겨울이 지나고 따사로운 봄볕이 땅을 녹이면서 파릇파릇 풀이 돋기 시작했다. 초식동물의 먹이가 풍부해질 무렵에 맞춰서 그들은 겨우내 품었던 새끼를 낳았다. 어미가 영양분이 풍부한 풀을 먹어야 젖이 많이 나오고, 그에 따라 새끼들을 키워낼 수 있게 되는 것이다. 그 시기에 맞춰서 누렁이의 씨를 품은 풍산개도 몸을 풀었다. 소굴에서 건강한 강아지 다섯 마리를 낳은 것이다. 식구들은 모두 감격해서 서로 목을 비비고 꼬리를 흔들면서 기쁨을 감추지 못했다. 젖을 먹이는 어미를 위해 왈패들은 매일 사냥을 나갔다. 사냥을 나갈 때 으레 소굴 입구를 지키는 보초병은 푸들이었다. 푸들은 왈패들의 사냥 보폭을 따라잡기 어려워서, 그에게 맞는 그럴싸한 역할이기도 했다.

　모든 동물 종족은 자신들의 새끼를 바라보면 기쁨에 넘친다. 종족을 번식시켜야 한다는 본능적인 만족감에서 오는 희열이다. 왈패들도 풍산개가 낳은 강아지를 바라보며 한없는 기쁨을 느꼈다. 비록 유기견 보호소 출신인 허스키, 달마티안, 도사견 등은 번식 능력을 상실했지만, 풍산개가 낳은 강아지들을 자신들의 새끼와 다름없이 받아들였다.

원래 늑대들은 무리 중에서 가장 우월한 단 한 쌍만이 번식할 수 있다. 왈패들도 자연스럽게 누렁이와 풍산개가 무리를 대표하는 한 쌍이 된 것이다. 이를 아무도 부정하지 않았다. 대장정의 와중에 한쪽 눈을 잃기는 했지만 숱한 위험을 지혜와 용기로 이겨내고 DMZ까지 안전하게 이끌었던 누렁이와 처음에 심한 다툼이 있었지만, 풍산개를 모견으로 받아들이는 데 전혀 이견이 없었다.

그 한 쌍을 중심으로 짝을 짓고 무리를 이룬 왈패들은 그들이 수명을 다할 때까지 운명을 같이하기로 했다. 무리 중심으로 활동하는 갯과의 종족들은 대장 암수의 새끼들을 자신의 새끼와 마찬가지로 목숨을 다해 양육한다. 늑대들의 무리 사냥은 대부분 장거리 경주에 해당한다. 장거리 추적에서 얻은 사냥감은 소굴로 옮기기 어려워서 모두 먹어서 배 속에 저장하고, 새끼들이 있는 소굴로 돌아와서 고기를 게워준다. 꼭 자신이 직접적인 어미가 아니더라도 무리의 일원은 모두 새끼의 양육에 참여하는 것이다. 자신들의 대를 이를 새끼를 갖게 된 왈패들은 활력이 넘쳤다. 자신들의 근거지를 지키려는 투지는 넘쳐나고 가족 간의 우애는 더 깊어졌다.

봄날의 사냥은 수월했다. 보통 늑대들은 사냥감을 추적할 때

장거리 경주에 들어간다. 사냥감이 늙거나 병들어서 쇠약해진 놈이 지쳐서 쓰러질 때까지 달리는 것이다. 누렁이는 주둥이를 앞으로 쭉 내밀고 달리고, 허스키는 썰매개의 특성대로 어깨 골격이 흔들리지 않으면서 힘차게 달리고, 달마티안은 보헤미안의 마차를 따라 유랑하던 모습으로 유연하게 달렸다. 달마티안은 호위견으로 널리 쓰이는 종자로 털이 짧고 늘씬하며 흰색 바탕에 검은 점이 박힌 얼룩무늬로 껑충껑충 달리고, 도사견은 근육질의 몸매를 자랑하며 달렸다. 이들은 달리면서도 상호 협동을 하는데 릴레이식으로 달리는 것이다. 목표물이 정해지면 먼저 대장 누렁이가 얼마 동안 그 뒤를 쫓아 힘껏 달린다. 이는 목표물이 어디까지 달릴 수 있는지를 시험하는 무대이기도 하다. 얼마 동안 힘을 쏟은 누렁이가 속도를 늦추면 이번에는 허스키가 전속력으로 달려서 목표물에 접근한다. 다시 허스키가 속도를 늦추면 달마티안이 뒤에서 치고 올라와서 목표물을 향해 달린다.

이는 사냥감에 대한 심리전이기도 하다. 무리가 번갈아 나타나서 압박하는 심리적 효과 때문에 사냥감은 금방 지치게 마련이다. 목표물에 유령처럼 접근해서 급습하는 고양잇과 동물의 사냥 솜씨보다 효과적이지 않게 느껴지지만, 사실은 그렇지 않다. 고양잇과 동물들이 매번 사냥에 성공하는 것이 아니다. 고양잇과 동물들은 사냥감에 최대한 가까이 접근해서 급습한다. 그러나 고양잇과 동물들은 습격 사정권까지 접근하려는 시도에서 여러 번 실패

한다. 풀만먹는짐승들도 나름의 후각, 청각, 시각 등 위기를 알아채는 다양한 메커니즘을 가지고 있어서 사정권에 접근하기조차 어려운 것이다. 그러나 늑대들의 사냥법은 마냥 달리하는 것이다. 집단으로 무리를 뒤쫓는 동안 무리에서 쉽게 약자들을 식별해 내는 것이다. 무리에는 틀림없이 병이 들었거나, 늙고 쇠약한 개체들이 있기 마련이다. 그만큼 사냥 확률도 높아진다.

풀만먹는짐승들은 새끼가 어미 못지않게 달릴 수 있을 때까지는 새끼를 풀숲에 숨겨놓고 아무도 눈치채지 못하게 새끼에게 다가가서 젖을 먹이곤 한다. 새끼는 자신이 고기먹는짐승들의 습격을 피할 수 없다는 걸 알고 다리에 힘이 붙어 달릴 수 있을 때까지 풀숲에 납작 엎드려 있다. 어미를 따라다니기 시작하면 달리기 연습부터 한다. 틈만 나면 이리 뛰고 저리 뛰며 달리기에 몰두한다. 놀이 같아 보이지만 사실은 살아남으려는 생존 투쟁이다. 달리기 실력이 자신의 목숨을 지키는 유일한 수단이라는 걸 본능적으로 아는 것이다.

그래서 봄날의 사냥은 좀 남다르다. 곳곳에 풀만먹는짐승들이 숨겨놓은 새끼들을, 사냥한다기보다 주워 먹는 경우가 많다. 남의 새끼를 물어다 자신의 새끼를 키우는 생태계의 숙명이기도 하다. 먹거나 먹히거나 하는 치킨게임이다. 먹히는 풀만먹는짐승들에게는 먹는 고기먹는짐승들이 모르는 전략이 있어서 생존에 지장이 없다. 먹히는 자가 먹는 자보다 많다. 다 먹어치울 수 없을 만큼 많다. 오히려 풀만먹는짐승들은 대부분 새끼를 한 마리밖에 낳지 않고, 고기먹는짐승들은 기본적으로 여러 마리를 낳는데도 말이다. 이는 풀만먹는짐승들이 먼저 태어나서 지구를 점령한 다음, 고기먹는짐승들이 태어났다는 방증이기도 하다. 생태계의 생명이 단세포 생물에서 출발하듯이, 작고 여린 생명이 먼저 자리를 잡은 것이다. 풀이 자라고, 관목이 자라고, 우람한 교목이 자라듯이 말이다. 생태계는 작고 여린 싹에서 시작된다. 생명의 근원이 거기에 있다.

그렇게 평화로운 나날을 보내던 왈패들에게 폭풍이 몰아쳤다. DMZ의 지리에 밝은 풍산개를 중심으로 거침없이 사냥 활동을 하던 왈패들에게 큰 시련이 몰아쳤다. 풍산개가 출산으로 사냥에 참가하지 않을 때가 많았다. 그럴 때는 누렁이가 풍산개의 역할을 맡았다.

그날도 거리낌 없이 고라니를 쫓고 있었다. 고라니는 왈패들에게 몇 발짝이면 잡힐 만큼 거리가 좁혀진 상태였다. 마지막 순간만을 남겨놓을 즈음 뒤에서 쾅 하는 폭발 소리가 들렸다. 귀청이 찢어지는 굉음과 함께 비명도 들렸다. 왈패들은 달리다가 우뚝 서서 뒤를 돌아보았다.

맨 뒤에서 달려오던 도사견에게 문제가 생겼다. 왈패들은 도사견에게 곧바로 달려갔다. 도사견이 지뢰를 밟은 것이다. 도사견은 이미 뒷다리가 모두 날아가고 가쁜 숨을 내쉬고 있었다. 도사견은 비명도 내지 못하고 고통으로 얼굴이 일그러지고 있었다. 가뜩이나 일그러진 그의 볼이 더 험상궂게 실룩거렸다. 꽃향기 가득하던 땅에 독한 화약 냄새가 가득 풍겼다. 도사견은 이내 숨을 거두었다. 왈패들은 갑자기 몰아친 폭풍에 어찌할 줄을 몰랐다. 이런 위험이 있는지를 꿈에도 생각하지 못한 것이다.

사실 짐승들은 예민한 코로 땅에 묻힌 쇠붙이 등을 어느 정도 감지한다. 그러나 그것은 천천히 걸을 때 작동하는 메커니즘이다. 쫓고 쫓기는 사냥터에서 그럴 여유가 없다. 죽이지 못하면 죽는 생존 게임이기 때문이다.

왈패들은 도사견의 죽음에 얼이 빠졌다. 언제 어디서 터질지 모르는 폭탄을 모두 밟고 있는 것처럼 느껴졌다. 모두 몸이 굳어졌다. 누렁이는 심한 자책감이 들었다. 자신이 대장 노릇을 했으면서도 이 공간에 대한 이해가 부족했다는 걸 뼈저리게 느꼈다. 어떻게든 수습에 나설 수밖에 없었다. 왈패들은 발로 풀잎과 흙을 긁어서 도사견의 몸을 덮어주었다. 그리고 왈패들은 누렁이의 조심스러운 발걸음을 따라 줄을 서서 소굴로 돌아왔다. 도사견을 잃은 사실을 안 풍산개도 달리 말을 잇지 못했다. 풍산개조차도 지뢰의 위험을 실감하지 못한 것이다. 아무런 말도 하지 못하고 긴 시름에 빠졌다.

다음 날에도 누구 하나 선뜻 사냥에 나설 엄두를 내지 못했다. 자꾸 도사견의 처참한 모습만 떠올랐다. 언젠가 한쪽 다리가 없는 멧돼지를 쉽게 잡고 즐거워했던 일의 진상을 비로소 알게 되었다. 그때는 그냥 왜 다리가 하나 없지? 하는 막연한 의문을 가졌다가 흘려버리고 말았다. 그게 지뢰 때문이라는 생각을 하지 못한 것이다.

그러나 먹지 않고 살 수는 없었다. 더군다나 누렁이는 새끼들의 젖을 먹이는 풍산개를 의식하지 않을 수 없었다. 누렁이가 몸을 털고 일어나자 나머지 식구들도 따라나섰다. 아무 데나 발을 딛지 못하고 짐승들이 다닌 흔적을 쫓아서 조심스레 걸었다. 왈패들은 몹시 배가 고팠다.

왈패들의 포획을 맡은 포획팀은 농촌진흥청의 멧돼지 포획 트랩을 왈패들이 활동하는 지역 곳곳에 설치했다. 포획팀은 이미 요소요소에 카메라를 설치해서 왈패들의 활동 범위를 낱낱이 파악하고 있었다.

처음에 미끼로 주어지는 생닭을 왈패들은 아무런 의심 없이 널름널름 받아먹었다. 사냥하기 위해서 마음껏 달릴 수 없는 두려움 때문에 손쉬운 먹거리에 금방 입이 갔다. 그리고 며칠이 지나서 그 자리에 포획 트랩이 설치되자, 철망에 대한 트라우마를 가진 허스키와 달마티안은 의심의 눈초리를 거두지 않고 경계 상태에 들어갔다. 그러나 그런 걸 모르는 누렁이는 걱정할 거 없다는 듯이 트랩을 드나들며 생닭을 먹고, 트랩 안으로 들어오기를 꺼리는 왈패들에게 생닭을 물어다 주었다. 트랩 밖에서 입맛을 다시며 누렁이를 바라보던 허스키와 달마티안은 가슴이 두근거려서 누렁이에게 경고를 보냈지만 알아듣지 못했다.

그리고 드디어 올 것이 오고 말았다. 누렁이가 트랩 바닥에 있는 마지막 생닭을 무는 순간 트랩 문이 덜컹 닫혔다. 허스키와 달마티안은 겁을 먹고 도망쳤다. 왈패들이라야 이제 허스키와 달마티안, 둘뿐이었다. 한참을 도망치다 뒤돌아보니, 자신들의 대장 누렁이가 트랩에 갇혔다는 사실을 새삼스레 깨달았다.

왈패들은 숨을 헐떡거리며 멈추었다. 자신들의 소굴로 돌아갈 수도 없고 트랩으로 가기도 겁이 났다. 그러나 이대로 소굴로 돌아갈 수는 없었다. 자신들의 여왕인 풍산개를 볼 면목이 없었다. 왈패들은 누가 먼저랄 것도 없이 왔던 길을 되짚어서 트랩으로 향했다. 헐레벌떡 달리는 게 아니라 골똘하게 생각에 잠겨서 걸었다. 지뢰에 대한 공포도 가시지 않았다. 자신들이 유기견 보호소와 개농장에서 갇혀 지냈던 절망적인 시간이 떠올랐다. 아무런 해결책도 쉽사리 떠오르지 않았다. 왈패들은 모두 풀이 죽어서 고개를 축 늘어트리고 걸었다. 그런데 트랩이 내려다보이는 언덕배기에서 걸음을 멈추고 자세를 낮췄다.

트랩으로 누군가 다가오는 소리가 들렸다. 그 조짐은 확실한 실체로 보였다. 사람 셋이 트랩으로 다가왔다. 이빨을 드러내고 으르렁거리는 누렁이를 향해 한 사람이 스틱을 들이댔다. 스틱 입구에 입을 대고 바람을 확 불어버리자, 깃털이 달린 주사기가 누렁이의 엉덩이에 박혔다. 누렁이는 마구 화를 내며 으르렁거렸으나 얼마 지나지 않아 슬그머니 쓰러지고 말았다. 마취제를 맞은 것이다.

"몽땅 잡아들여야 하는데 한 마리뿐이네."

인간들은 자기들끼리 중얼거리면서 트랩 문을 열고 축 늘어진 누렁이의 목덜미를 잡아서 자루 속에 집어넣었다. 그리고 스틱을 든 인간이 앞장서고, 두 사람이 자루를 들고 뒤따랐다. 왈패들은 이게 누렁이와 마지막이 될 것같이 느껴져서 누가 먼저랄 것도 없이 인간들을 향해 돌진했다. 왈패들의 급습을 받은 인간들은 혼비백산하여 자루와 스틱을 내동댕이치고 도망치기 시작했다. 그들은 몇 발짝 도망가지 못하고 엎어졌다. 왈패들은 그들의 엉덩짝이나 허벅지를 가릴 것 없이 마구 물어뜯었다. 이상한 분노가 솟구쳤다. 얼마 전, 도사견의 죽음이 다 이런 인간들 때문으로 여겨져서 더욱 화가 났다. 비명이 사방으로 메아리쳤다.

그러나 왈패들은 그 인간들을 죽이지 않았다. 그들은 오직 누렁이를 구해내려는 마음뿐이었다. 허스키와 달마티안은 누렁이가 들어 있는 자루를 양쪽에서 물고 달리기 시작했다. 빨리 소굴로 가서 누렁이를 살려내야 한다는 일념만이 머릿속에 가득했다.

왈패들은 겨우 소굴에 도착해서 자루에서 누렁이를 꺼냈다. 풍산개는 영문을 모르고 누렁이의 코를 비비며 냄새를 맡고 무슨 일이냐고 물었으나, 아무도 선뜻 대답하지 못했다. 그러나 암컷 대장인 풍산개에게 제대로 된 진상을 알리기 위해 허스키가 나섰다. 그러나 풍산개는 그동안 새끼를 돌보느라 사냥에 나가지 않고 소굴에만 있어서, 그런 트랩이 있다는 사실조차 모르고 있었다. 자신의 짝인 누렁이가 축 늘어져 있는 모습을 보고 초조함을 감추지 못하고 소굴을 빙빙 돌았다. 을씨년스러운 기운이 소굴에 내려 앉았다.

그렇게 절망적인 밤이 지나고 새벽녘에서야 누렁이가 의식을 되찾기 시작했다. 눈을 껌벅거리다 벌떡 일어났으나 비틀거리다 넘어지곤 했다. 풀만먹는짐승들이 낳은 새끼는 태어나자마자 일어서서 걸으려고 안간힘을 다한다. 아직 다리에 힘이 없어서 여러 번 거꾸러지면서 일어서려고 기를 쓴다. 누렁이가 그런 꼴이었다. 일어나서 비틀거리다 넘어지기를 반복했다.

누렁이는 여러 차례 더 시도한 끝에 똑바로 서서 일일이 식구들의 얼굴을 비비며 인사를 나누었다. 그리고 길게 허리를 뻗어서 기지개를 켜고 몸을 부르르 떨었다. 자신이 완전하지는 않지만, 어느 정도 마취에서 깨어났음을 보여줬다. 위험을 똑바로 지켜본 허스키와 달마티안이 한 목소리로 불안에 떨면서 웅성거렸다. 푸들이 허스키와 달마티안의 심정을 대변했다.

"여기는 안전지대가 아니야. 아마 운주산에서보다 더 큰 위험
이 닥칠지 몰라."

다시 궁지에 몰린 왈패들

머나먼 길

푸들의 말을 들은 풍산개가 물었다.

"운주산 전투가 뭐야?"

풍산개의 뜻밖의 질문에 모두 '꿀 먹은 벙어리'가 되었다. 자신들의 쓰라린 과거를 다시 입 밖에 내기가 싫었다. 동료들을 다 잃고 자신들만 살아남은 죄책감도 새삼 쓰린 가슴을 훑었다. 아무도 말문을 열지 않자 풍산개는 더 큰 의문에 사로잡혀 왈패들의 얼굴을 하나하나 살폈다.

무거운 분위기를 떨쳐내기 위해 푸들이 풍산개에게 자신들의 과거를 낱낱이 고백했다. 운주산 전투의 처절한 상황이 다시 한번 소굴에 을씨년스럽게 내려앉았다. 누구보다도 수많은 갈림길에서 목숨을 부지한 허스키가 푸들의 경고를 받아들여서 새로운 제안을 내놓았다.

"당장 여길 떠납시다. 도사견과 대장 누렁이가 당하는 꼴을 우리가 똑바로 봤잖아."

허스키의 제안에 왈패들은 다시 웅성거렸다. 천신만고 끝에 DMZ에 잠입하고, 풍산개와 만나 가족을 이루고 새끼를 낳았는데, 여길 떠난다는 생각은 아무도 하지 못했다. 죽을 고비를 넘긴 누렁이는 대장으로의 막중한 책임에도 불구하고 아무런 대안도 내놓지 못했다. 아직 제정신이 아니었다.

"어디로 가냐?"

심각한 상황에서 누렁이가 절망적인 한숨을 토했다. 운주산에서 여기까지의 대장정을 하고, 또다시 먼 길을 떠나야 한다는 데 모두 몸서리를 쳤다. 거기다 새끼들은 아직 제대로 걷지도 못하는 애송이들이었다. 그러나 곳곳에 포획 트랩이 설치되고 위협이 감지되면서 DMZ를 탈출하기로 의견이 모았다. 다만 아무도 남쪽에서 당한 극한 위협에 몸서리를 치고 있어서, 남쪽은 선택의 대상이 전혀 아니었다. 상황을 지켜보던 강아지들의 어미 풍산개가 결단을 내렸다.

"내 고향 개마고원으로 가자! 가는 길은 너희들이 왔던 곳보다 더 험할 거야. 그러나 거기는 아주 너르고 험해서 인간들은 구경조차 하기 힘들어."

풍산개의 제안에 허스키가 맞장구를 쳤다.

"거기로 가면 내 고향 시베리아도 갈 수 있지?"

풍산개가 바로 답을 해줬다.

"그럼, 물론이지."

풍산개와 허스키의 대화를 듣던 달마티안이 끼어들었다.

"시베리아를 지나서 서쪽으로 더 달리면 내 고향이야. 빨리 여기를 탈출하자."

자신들의 출신지, 고향을 얘기하자 누렁이는 머쓱해졌다. 남한강을 도강하고 각자 고향으로 가려던 멋쩍은 시도가 다시 떠올랐다. 그러나 더는 남쪽에 미련을 두지 않기로 했다. 지긋지긋한 남쪽 행보를 떠올리고 몸서리를 쳤다. 지금은 생존을 위해 더 나은 선택을 하고 끝까지 동행해야 할 때였다. 누렁이는 입이 근질거렸으나, 아직 독한 마취제의 후유증으로 혀가 맘대로 돌아가지 않아서 자신의 뜻을 제대로 말하지 못했다. 그 모습을 지켜보던 풍산개가 다시 한번 다짐을 했다.

"우리가 기껏 각자의 고향으로 가기 위해 모인 게 아니야. 우리는 생존을 위해 가족이 된 거야. 어디로 가더라도 우리는 함께해야 해."

잠자코 옆에서 듣고 있던 푸들이 맞장구를 쳤다.

"맞아, 맞아."

푸들은 끝까지 함께 하기로 한 풍산개의 제안을 반기며 좋아서 팔짝팔짝 뛰었다.

그러나 허스키가 애먼 소리를 했다.

"또 떠나야 하는 거야? 나는 너무 지쳤어."

달마티안이 한심하다는 듯이 허스키를 바라보며 핀잔을 주었다.

"여기는 우리가 살 만한 데가 아니야. 도사견과 누렁이가 당한 꼴을 벌써 잊은 거야? 아까 네가 먼저 떠나자고 했잖아."

푸들이 달마티안의 말에 힘을 보태려고 눈을 맞추고 짧은 꼬리를 흔들었다. 허스키가 눈을 부라리며 그런 뜻이 아니라고 반박했다. 너무 지쳐서 엄두를 내지 못하고 투정을 부린 것이다.

시베리안 허스키는 북극 썰매개이다. 흰 눈으로 덮인 얼음밖에는 아무것도 보이지 않는 북극에서는 길을 잃기가 십상이다. 오직 썰매를 끌고 온 곳으로 되짚어 돌아가야 하는 숙명을 되뇌고 있는 것 같았다. 새로운 길에 대한 막막한 두려움 같은 것.

갑론을박을 지켜보던 풍산개가 다시 끼어들었다. 지금 우리 처지를 무르게 봐서는 안 된다고 단호하게 말했다.

"엊그제 누렁이가 죽을 고비를 넘긴 거 몰라? 포획팀을 그렇게 물어뜯었으니 이제는 포획팀이 아니라 아예 사살팀을 보낼 거야. 인간들이 앙심을 먹으면 우리는 살아남을 수 없어. 한시바삐 여길 떠나야 해."

달마티안이 어깨를 으쓱거리며 다시 한번 부추겼다.

"내가 그놈들 엉덩이를 물어뜯어서 다시는 얼씬도 하지 않을 텐데."

정신을 차린 누렁이가 어눌하게 말을 꺼냈다.

"인간들은 우리를 내버려 두지 않을 거야. 너희가 그놈들 엉덩이를 물어뜯었다며. 그놈들이 몇 곱으로 앙갚음을 할지 몰라. 우리를 몽땅 죽이려고 몰려올 거야. 된서리 맞기 전에 살 구멍을 찾아야 해. 안 그래?"

누렁이의 주장에 아무도 딴말을 하지 않았다. 그러나 누렁이는 아직 온전치 못했다. 걷기에 지장은 없었지만, 왠지 비틀거렸다. 그 걸음걸이는 기묘했다. 왼쪽으로 서너 걸음 기울어졌다가, 다시 오른쪽으로 서너 걸음 기울어지는 모양새였다. 갈지자처럼 왼쪽과 오른쪽으로 기우뚱하면서 겨우 앞으로 나갔다. 예전에 빠릿빠릿하던 누렁이와는 영 딴판이었다. 왈패들은 근심 어린 눈초리로 누렁이를 바라봤다. 누렁이와 생면부지의 낯선 땅으로 가야 하는 왈패들은 가슴이 두근거렸다. 왈패들은 도저히 이길 수 없는 적과 마주치게 된 것이다. 인간들은 돈이라는 요술 방망이를 휘두른다. 인간들은 돈이 되기만 하면 물불을 가리지 않고 덤벼든다. 평화생태공원을 가꾼다는 것도 다 돈 때문이 아닐까 하는 의구심을 떨쳐버릴 수 없었다. 바이러스에 감염된 인간들이 점점 늘어나는 추세였다. 왈패들은 그 인간들을 무조건 피해서 등불의 나라로 가야 했다.

왈패들은 아침이 되어 모두 깨어났다.

가자. 이제 떠나자.

그렇게 마음먹자 여사로만 보던 DMZ 풍광이 새삼스럽게 눈에 들어왔다.

왈패들은 눈 앞에 펼쳐진 DMZ 풍경에 넋을 잃고 멍하니 바라봤다.

고요하다.

아무 소리도 들리지 않고 정적에 휩싸여 있다.

찬란한 햇빛이 풀과 나무에 고루 내리고,

풀잎에 맺힌 이슬이 반짝이다 또르르 구른다.

빽빽이 들어찬 나무 사이로 드문드문 초지가 펼쳐져 있고,

멀리 습지에서 가물가물 안개가 피어오른다.

나무는 나무대로 풀잎은 풀잎대로

서로 다투지 않고 제 자리를 지키며 함께 어우러져 있다.

풀과 나무에도 제가끔 발이 있다.

평생 한 번도 걷지 않는 발.

서로 발을 뻗으면서도 다투는 일은 없다.

아무도 가지 않는 빈자리로만 발을 뻗는다.

주어진 자리에서 한 발도 움직이지 않으면서 풍요롭다.

누구도 건들지 않고 다투지 않는다.

자신에게 주어진 삶을 묵묵히 견디면서 꽃을 피우고 열매를 맺는다.

머나먼 길

자신의 열매조차 욕심을 내지 않고 아무에게나 내어 준다.

꽃은 자기만의 리듬대로 피어난다.

누구도 먼저 피겠다고 달리지 않고

더 오래 피겠다고 집착하지 않는다.

뿌리내린 그 자리에서 스스로 타고난 그

빛깔과 향기로 피어난다.

하늘에서 눈비가 내려도 그대로 순종한다.

함께 시련을 견디고 은혜는 골고루 나눈다.

폭우가 쏟아지면 빗물에 흙이 쓸려가지 않도록

꼭 그러쥐고 안아준다.

대지를 지키는 어머니다.

겨울의 언 땅에서도 생명의 불씨를 꺼트리지 않는다.

생명을 지키는 마지막 수호신.

이런 평화를 두고 멀리 가야 하는 왈패들은 착잡했다.

아직 걷지도 못하는 애송이인 강아지는 교대로 입으로 물어 나르기로 했다. 이것 또한 자신들의 조상인 늑대가 잠재적 위험을 감지하고 소굴을 옮길 때 쓰는 전통적인 생활방식이다. 어미가 어금니 안쪽으로 강아지의 목덜미를 물면 아래위 송곳니 네 개가 빠져나가지 않도록 잡아주는 지지대 역할을 한다. 늑대들은 벼룩이나 옴벌레 등 기생충이 달라붙는 걸 막으려는 목적으로 수시로 소굴을 옮기기도 한다.

　그러나 왈패들이 떠날 채비를 하기도 전에 위기가 닥쳤다. 공중에서 윙윙거리는 소리가 났다. 작은 비행접시였다. 그러나 그것은 외계에서 온 비행접시가 아니라 인간들이 보낸 드론이었다. 윙윙 소리만 내며 날더니 갑자기 폭탄을 떨어트렸다. 커다란 폭발음과 함께 흙먼지가 자욱하게 일었다. 왈패들은 혼이 빠져서 소굴로 도망쳤다. 다행히 폭탄이 왈패들의 소굴에 떨어지지 않아서 죽음을 면할 수 있었다. 폭탄은 두 번이나 더 떨어졌다. 왈패들은 소굴에 처박혀서 오들오들 떨었다. 인간들이 앙심을 품으면 무섭다는 사실을 실감했다. 왈패들의 소굴은 풍산개가 강아지를 낳게 하려고 안쪽으로 깊숙이 파여 있었다. 왈패들은 소굴을 곧게 파지 않고 만일에 대비해서 구부러지게 판 것이다. 혹시 소굴 입구에서 무슨 일이 벌어질지 알 수 없기 때문이었다.

　윙윙거리며 날고 폭탄을 떨어트리던 드론이 사라지자, 소굴 입구로 나온 왈패들이 불안한 눈길로 주변을 살폈다. 소굴의 위치가 다 알려져서 언제 다시 드론이 날아올지 알 수 없었다.

　그러지 않아도 떠나려던 소굴을 빨리 옮겨야 했다. 왈패들은 드론이 쉽게 접근할 수 없는 숲속으로 방향을 잡았다. 나무 숲속 옴폭한 공간을 찾아 나섰다. 먼저 선발대로 허스키와 달마티안이 달려가서 자리를 물색하고 강아지들을 옮겨야 했다. 아직 제정신이 아닌 누렁이는 제 역할을 하지 못하고 뒤뚱거리며 나부댔다. 풍산개, 허스키, 달마티안이 강아지 한 마리씩 물어 나르는 동안 푸들이 나머지 강아지를 지켰다. 너무 급박해서 굴을 팔 시간조차 없어서 나무 아래 바위틈에 자리를 마련했다. 소굴에서 나온 강아지들은 오들오들 떨면서 자기들끼리 뒤엉켰다. 풍산개는 그 강아지들을 감싸 안아서 어미의 온기를 전해주었다.

왈패들은 드론이라는 괴물을 피해 점점 더 깊은 숲속으로 들어갔다. 드론이 볼 수 없도록 숲이나 바위틈에 몸을 숨겼다. 땅바닥의 지뢰와 하늘의 드론이 동시에 왈패들의 목숨을 위협했다. 강아지를 물고 밤마다 소굴을 옮기는 것은 고통스러웠다. 먹이 활동도 할 수 없어서 굶주렸다. 왈패들은 바이러스에 감염된 인간들을 피해 더 깊은 산악으로 들어갔다.

그즈음에 사건이 하나 터졌다. 폭우가 쏟아져서 남쪽 철조망 일부가 빗물에 쓸려서 기울어졌다. 철조망이 완전히 망가진 건 아니지만 작은 틈이 생겼다. DMZ 안에 있던 천연기념물 사향노루가 그 틈새를 빠져나가려다 삐죽 삐져나온 철사에 배를 찔리고 틈새에 끼어서 죽고 말았다. 사향노루는 DMZ의 고립에서 벗어나려고 한 것이다.

사향노루는 암갈색으로 고산지대 바위를 근거지로 단독생활을 하거나 가끔 쌍을 이루고 살기도 한다. 후각보다는 시각이나 청각이 발달해서 높은 바위 위에서 천적의 접근을 살핀다. 바위틈의 지의류와 풀, 관목의 어린 가지를 먹고 산다. 사향노루는 세계적인 멸종위기 야생동물 1급으로 지정되어 있다. 사향의 효능은 신비로운 것으로 알려져 있다. 수컷 사향노루에서 얻은 향료는 머스크(musk)라고 불린다. 머스크는 사향주머니에서 추출한 기름덩어리로, 녹이면 향기가 난다. 고대 중국이나 인도에서 강장제와 흥분제로 쓰였다. 사향노루는 암수 모두 뿔이 없고 수컷만 엄니가 삐어져 있다.

야생동물은 주로 자신의 근거지에서 살지만, 수컷들은 어른이 되면 자신의 일가친척이 있는 근거지에서 벗어나서 다른 개체군으로 이동한다. 유전자의 고립을 피하려는 본능이다. 철책 틈새에 끼어 죽은 사향노루도 그런 연유일 거라고 생태학자들은 입을 모았다. 그 사향노루는 수컷임이 밝혀졌다. 수컷이 남쪽으로 이동하려고 했다는 것은 남쪽에도 사향노루가 있다는 간접 증거라고 주장했다. 마침 그 사향노루는 수컷으로 배꼽에 사향 주머니가 달려 있었다. 번식기에 접어든 수컷이 남쪽의 짝을 찾아가는 행위라고 진단했다. 아직 남쪽 어디에서도, 산양의 생존은 확인되었으나 사향노루가 관찰되지는 않았다. 아무튼, 진귀한 천연 사향 샘플을 얻은 남한 학계는 술렁였다. 어디에서도 얻을 수 없는 사향 샘플을 분석해서 강장제, 화장품 등의 연구에 새로운 전기를 마련할 수 있다고 들썩였다.

그 사건을 계기로 DMZ의 철책을 당장 허물지는 못하더라도 일정한 간격으로 야생동물들이 드나들 수 있는 생태통로를 만들어야 한다는 여론이 생겨났다.

그즈음 남북은 DMZ에 무엇이든 소통의 구멍을 낼 구실을 찾고 있었다. 마침 남북이 합의한 소재는 문화역사유적 발굴이었다. 철원 지역에 묻힌 태봉국 도성의 발굴과 복원이었다. 남한은 도성과 함께 유해 발굴의 인도주의 사업을 앞세웠고, 북한은 태봉국이 고려에 병합된 고려왕조의 위상에 초점이 맞춰졌다. 이런 인도주의와 문화 사업에도 유엔의 제재를 피해야 하는 복잡한 프로세스를 거쳐야만 했다. 지루한 장마가 끝나기를 기다리는 심정이었다. 그런데 갑자기 사향노루 사건이 터진 것이다. 남북이 먼저 할 수 있는 일을 하기로 했다.

세계적인 멸종위기종인 사향노루의 죽음을 외면할 수 없었다. 그래서 남북한 생태학자들로 생태통로를 위한 위원회가 구성되었다. 그 근본 취지에 남북이 다 동의하긴 했지만, 위원회 명칭을 두고 입씨름이 벌어졌다. 북측은 '천연기념물'이 아니라 '자연기념물'로 해야 한다고 우겼고, 남측은 '천연기념물'을 고집했다. 그뿐만 아니라 생태통로도 또 하나의 걸림돌이었다. 북측은 '생태통로'가 아닌 '나들이구멍'이라고 맞섰다. 철책과 지뢰가 곳곳에 도사리고 있었다. 그래서 어쩔 수 없이 양측의 언어를 절충하기로 했다. 남측의 언어와 북측의 언어를 조합했다. 그래서 남북의 생태학자들은 '자연기념물 생태통로 위원회'로 합의했다. 위원회 회의가 시작되어서도 입씨름은 이어졌다.

"생태통론가 나들이구멍인가, 거기로 북파공작원 같은 그악한 놈들을 보내는 거 아이겠지요?"

"그런 부대 없어진 지 오랩니다."

남측에서도 지지 않고 들여댔다.

"거기도 124 군부대 무장공비 보내지 맙시다."

"아이, 공비라니요?"

"아, 말이 잘못 나왔네요. 공비가 아니라 공작원 말입니다."

"일 없습네다."

입씨름이 계속되자, 걱정스럽게 바라보던 남측 공동위원장이 나섰다.

"지나간 얘기 그만하고 생태통로 얘기나 합시다."

북측 공동위원장도 거들었다.

"맞습네다. 공작이나 합시다."

입씨름을 거듭한 끝에 겨우 합의안이 발표되었다. DMZ에 물려 있는 고성군, 화천군, 양구군, 철원군 등 산악지역에 남북 양쪽으로 하나씩 생태통로를 내고 관찰하기로 했다. 그 생태통로의 관찰 카메라 정보는 남북한 학자들이 공유하는 것으로 서로 간의 불신을 해소했다.

말도 많던 위원회가 겨우 끝나고 조촐한 만찬 자리가 마련되었다. 아까 정식 회의와는 달리 분위기가 한결 누그러졌으나 덕담에도 입씨름은 여전했다.

"오늘 우리가 짐승들 생태통로 이야기를 했지만, 앞으로는 국민들도 드나들 수 있는 통로를 모색해야 합니다."

"국민이 아니고 인민입네다."

그동안 남북의 철책에 막혀서 이동하지 못하던 야생동물들이 생태통로로 슬슬 드나들기 시작했다. 남북의 생태학자들은 생태통로로 이동하는 야생동물들을 관찰하고 연구하기에 바빠졌다.

왈패들은 이런 사실을 전혀 모르고 있었다. 인간과 드론에 쫓겨서 정신을 차릴 수 없었다. 언제 드론으로 왈패들의 위치를 파악하고 사냥개를 앞세워 사살팀을 보낼지도 모르는 절박한 상황이었다. 사살팀이 직접 출동하지 않는다고 하더라도 드론으로 사격까지 하는 위급한 상태였다. 왈패들은 드론이 가까이 접근할 수 없는 울창한 숲속이나 바위틈으로만 자리를 옮겼다. 만일 사살팀이 직접 사냥개를 몰고 나타날 것에 대비해서 수시를 자리를 옮겨야만 했다. 사냥개는 냄새를 따라오는 내비게이터들이다. 그나마 다행인 것은 아직 DMZ에 지뢰가 제거되지 않아서 인간들도 섣불리 발을 디디지 못한다는 사실이었다. 그래서 할 수 없이 드론을 띄우지만, 기계의 한계도 분명했다.

　도사견과 불도그의 죽음으로 식구가 줄어들어 강아지 다섯 마리를 한꺼번에 옮길 수 없게 되었다. 비틀거리는 누렁이는 제 한 몸 가누기도 버거웠다. 풍산개, 허스키, 달마티안이 강아지 한 마리씩을 물고 가면, 푸들은 나머지 강아지 두 마리를 안전하게 지켰다. 풍산개와 허스키가 강아지를 한 마리씩 입에 문 채 뒤뚱거리는 누렁이를 가운데 끼고, 선발대로 출발해서 첫 단계 안전지대로 강아지를 옮겼다. 풍산개는 기우뚱거리는 누렁이와 함께 강아지를 보듬고 어미 역할을 충실히 했다. 풍산개는 누렁이와 옮겨 놓은 강아지를 함께 지켰다. 풍산개는 누렁이에게 홀로 강아지를 맡길 수 없었다. 누렁이도 강아지와 마찬가지로 돌봐야 하는 식구였다. 푸들이 지키고 있는 나머지 강아지 두 마리는 허스키와 달마티안이 달려가서 물어 옮겼다. 푸들은 달려온 허스키와 달마티안과 함께 강아지를 옮겨놓은 장소로 가서 다시 강아지를 돌보았다. 푸들도 강아지 한 마리를 물어 나르고 싶었지만, 힘에 부치는 일이었다. 푸들은 강아지가 위험에 빠지지 않도록 자신이 할 수 있는 역할을 다했다. 그리고 아직 제정신이 아닌 누렁이 대장이 큰 걱정거리였다.

　드론의 폭탄 공격을 받아본 왈패들은 두려움에 떨면서 도망치기에 바쁠 뿐, 먹이 활동을 할 수 없어서 굶주림에 시달렸다. 젖을 먹여야 하는 풍산개의 굶주림은 심각했다. 젖이 말라붙어서 강아지들이 낑낑거렸다. 왈패들은 이제 생사의 갈림길에 서게 되었다.

왈패들은 사냥에 나서기로 했다. 푸들에게 강아지와 누렁이를 맡기고 풍산개가 앞장섰다. 사냥을 할 수 있는 왈패들이라고 해야 이제 풍산개와 허스키, 달마티안 그렇게 셋뿐이었다. 왈패들은 숲 속을 향해 전진하면서 코를 벌름거렸다. 바람결에 여러 냄새가 실려 왔다. 왈패들은 비문을 활짝 열고 냄새의 정체를 따라 서서히 나갔다. 여러 냄새가 섞여서 혼란스러웠다. 짐승들도 나름 길을 따라 이동한다. 안전이 확인된 길로 다니는 것이다. 그러나 이렇게 많은 짐승의 냄새가 섞여 있기는 어렵다. 어떤 짐승이 지나가면 다음 짐승은 그 뒤를 바짝 따라가지 않는다. 같은 무리가 아니고는 서로 부딪히기 싫은 것이다. 그러나 바람결에 실려 오는 냄새는 매우 다채로웠다. 이렇게 많은 짐승의 냄새를 한꺼번에 맡아보기는 처음이었다. 왈패들은 가슴이 두근거렸다. 무엇인가 알 수 없는 상황과 마주칠 것 같았다. 왈패들은 납작 엎드렸다.

왈패들은 긴장하면서 냄새의 진원지를 향해 천천히 발걸음을 옮겼다. 멀지 않은 곳에 짐승들의 길이 있었다. 많은 짐승이 오간 흔적이 완연했다. 그 길을 따라 조금 나아가자, 거대한 철조망이 보이고, 그 아래 커다란 구멍이 보였다. 왈패들은 걸음을 멈추고 납작 엎드렸다. 많은 짐승의 냄새는 이 구멍을 통해서 실려 온 것이다. 왈패들은 낯선 모습에 그만 얼어붙었다. 철조망에 생각지도 못한 구멍이 뚫려 있었다. 한참 만에 정신을 차린 풍산개가 감회

어린 얼굴로 말했다.

"여기로 빠져나가면 되겠네."

사실 풍산개가 개마고원으로 가자고 제안했지만, 철책을 넘을 일이 까마득했다. 더군다나 어린 강아지들을 데리고 가야 하는 행군이었다.

풍산개의 말을 들은 허스키와 달마티안이 맞장구를 쳤다.

"그래, 이리로 가면 돼. 맞아 맞아."

왈패들 셋에서 도란도란 얘기를 주고받는데 낯설지 않은 목소리가 들렸다.

어디선가 오~후~우 하는 하울링이 들려왔다. 절박한 목소리였다. 왈패들은 발걸음을 멈추고 귀를 쫑긋 세웠다. 누렁이의 하울링이 분명했다. 왈패들은 몸이 오그라드는 것 같았다. 강아지들이 있는 소굴에 무슨 일이 벌어진 것 같았다. 왈패들은 금방 그리로 간다고 하울링을 하고 강아지들이 있는 소굴로 달리기 시작했다. 누렁이의 다급한 하울링은 그치지 않았다.

오~후~우, 오~후~우, 오~후~우.

오래전에 동해안을 여행하다 고성군의 DMZ 전망대에서 북녘 땅을 바라본 적이 있었다. 금강산이 지척인데 갈 수 없는 안타까운 현실을 마주해야 했다. 일행의 제안으로 땅굴을 견학하게 되었다. 땅굴 규모는 꽤 컸다. 전쟁이 일어나면 뉴스에서처럼 전차나 장갑차가 밀려올 만도 했다. DMZ의 폭이 4킬로미터인데 어마어마한 규모의 공사가 아닐 수 없다. 작은 궤도열차를 타고 견학 코스의 땅굴에 들어갔는데, 얼마 가지 않아서 궤도가 끝나고 더는 들어갈 수 없는 지점에 이르렀다. 거기부터는 통제구역이었다. 일행들이 열차에 내려서 사진을 찍고 둘러보는 동안, 나는 이 땅굴이 어디까지 이어진 것인가 하는 의문이 들었다. 땅굴은 마침 구부러져서 더는 눈으로 앞을 볼 수 없었다. 나는 감시를 피해 통제선을 넘어서 막다른 곳까지 갔다. 땅굴은 얼마 가지 않아서 막혀 있었다. 저쪽에서 뚫은 것이 아니라 이쪽에서 뚫은 것이다. 나는 많은 의문에 휩싸였다. 그리고 잊었다.

　장편 우화소설 『DMZ 도그 하울링』을 구상하면서 DMZ로 남한이 섬이 아닌 섬이 되어버린 분단 현실을 담고 싶었다. 그러나 금단의 땅에 사람의 행적을 그릴 수 없어서 우화로 쓰게 되었다.

　애견인들이 늘어나면서 호칭은 애완견에서 반려견으로 격상되었지만 버려진 유기견들을 보는 것도 일상이 되었다. 유기견 보호소와 개농장도 찾아가서 그 실태를 견학하기도 했다. 거기서 유기견들을 두고 벌어지는 어두운 현실도 알게 되었다. 그 유기견은 치열한 경쟁 사회에서 소외되거나 낙오자의 메타포로 다가왔다.

　세종시의 개농장에서 탈출한 개들이 차령산맥을 타고 백두대간에 이르고, 마침내 DMZ에 잠입하는 것으로 얘기의 얼개를 만들었다. 그러나 나는 DMZ의 실태를 아무것도 몰랐다. 그래서 우선 자료를 찾아보려고 했다. 그러나 지역 도서관에 그런 자료가 없었다. 고심 끝에 국립세종도서관을 떠올렸다. 역시 거기에는 국립생태원 등에서 발간한 연구자료가 많았다. 나는 자료를 대출해서 머리를 싸매고 들여다보았다.

　DMZ는 습지, 초지, 하천, 산악, 해안 등이 고루 분포하고, 이끼류, 초본류, 관목류, 교목류 등이 울창하게 자라고 있으며, 그 품 안에 무척추동물류, 곤충류, 양서류, 어류, 조류, 포유류 등 생물 다양성이 높은 생태계의 보고였다. 나는 그나마 DMZ의 실태를 어렴풋이 알게 되었다.

소설은 자료만 갖고 써지는 게 아니라 현장을 보고 상상력을 키우는 것도 필요하다. 우선 세종시 개농장에서 탈출한 유기견들이 모이는 운주산을 그럴듯하게 묘사하고 싶었다. 운주산은 세종시 전의면과 전동면에 걸쳐 있는 해발 460미터 정도 되는 우람한 산이다. 그저 그런 산이 아니라 백제 시대 성터를 간직한 역사의 현장이기도 하다. 백제의 마지막 항쟁지 주류산성이 어디냐를 두고 아직 명확한 정설이 없다. 학계에서는 한산설, 부안설, 홍성설, 연기설 등이 거론되고 있다. 그러나 운주산에 있는 성터를 근거로 지역 향토사학자 고 김재붕 선생의 논문 「백제(百濟) 주류성(周留城)의 연구(研究)」는 타당성이 느껴져서 탐독하고 여러 차례 현장을 둘러보았다.

그래서 유기견들의 일차 활동무대인 운주산의 묘사를, 그 논문을 스토리텔링하는 것으로 대신하기로 했다. 약간의 망설임이 있었지만, 환유적으로 운주산의 규모와 자태를 그려내고 싶었다.

나는 내가 사는 지역의 로컬 정체성을 반영하고 싶었다. 운주산, 동림산, 미호천 등 내 주변의 생태계는 나의 모태나 다름없다. 기후변화와 함께 달라지는 생태계의 여러 모습을 보여주고 싶었다.

운주산 소탕 작전에서 살아남은 유기견들이 백두대간에 진입하려면 차령산맥을 타고 동쪽으로 달려야 하는데, 동쪽에서 발원하여 세종시 금강으로 흘러드는 미호천을 타고 가는 것으로 진로를 잡았다. 새롭게 펼쳐지고 있는 하천부지 생태계를 보여주고 싶었다. 언제부터인가 하천부지를 경작하지 않게 되자, 새로운 생태계가 만들어졌다. 초본류가 쫙 깔리고 버드나무가 자라기 시작했다. 아카시아도 들어서고 뽕나무, 찔레나무 같은 관목도 더부룩하게 자리를 잡았다. 덤불 숲이 만들어지니까 동물들도 따라왔다. 물가를 좋아해서 워터 디어(water deer)라는 별명이 붙은 고라니가 찾아오고, 너구리도 따라왔다. 어디든 숲에는 많은 야생동물의 보금자리가 되는 것이다. 나는 그 미호천을 따라 발원지까지 가보았다. 미호천의 끝자락은 충북 음성군의 망이산이었다. 망이산의 정상에는 고구려 시대의 허물어진 토성이 보이고, 멀리 첩첩 산들 너머에 남한강의 희미한 흔적이 보였다. 백두대간에 올라서려면 남한강을 건너야 했다. 나는 유기견들이 남한강을 건너려면 어디가 좋을지를 탐색했다. 남한강을 따라가면서 탄금대를 둘러봤다. 임진왜란 때 신립 장군이 왜적에 맞서 배수진을 쳤다는 역사의 현장이기도 하다. 거기는 물이 깊고 물살이 거셌다. 유기견들이 그 강물을 건너기는 무리라는 생각이 들었다. 나는 남한강을 따라 더 내려갔다. 오랫동안 남한강을 건너는 나루터로 알려진 목계나루가 보였다. 거기는 강폭이 넓고 물살이 잔잔했다. 유기견들이 남한강을 건너려면 여기쯤이 될 거라는 느낌이 들었다. 동물들은 사람보다 뛰어난 생존능력으로 자연생태계를 파악한다. 남한강을 건너 박달재를 넘고, 대관령, 한계령, 미시령, 진부령을 넘어보기도 했다.

2019년 속초에서 하룻밤을 묵을 때는 고성군과 속초시 일대에 대규모 산불이 일어나서 밤하늘에 불길이 치솟는 안타까운 현장을 접하기도 했다. 최종 목표인 고성군 통일전망대에 들러서 멀리서나마 DMZ 전경을 바라보며 작품 구상을 가다듬었다. 아무도 들어갈 수 없는 금단의 땅. 나는 자료와 왕년에 DMZ 수색대에서 근무했던 친구들의 증언을 되살려서 관찰했다.

통일전망대를 나와서 나는 DMZ 민간인 통제선 아래로 고성군, 인제군, 양구군, 화천군을 거쳐 철원군까지 달렸다. 때로는 군부대의 출입증을 받고 통과해야 하는 지역도 있었다. 이박 삼일 일정 동안 그저 가슴이 답답할 뿐이었다. 무언가 가슴을 짓누르는 중압감이랄까.

우화의 원조는 신화나 이솝 우화가 아닐까. 오래전에 현대 우화의 걸작이라는 조지 오웰의 『동물농장』을 읽으면서 매우 불편함을 느꼈었다. 우화에 등장하는 동물마다 별도의 사람 이름을 붙여서 메모해가면서 읽었던 기억이 새롭다. 수많은 동물마다 붙은 사람 이름과 동물이 언뜻 연결되지 않았다. 수퇘지 메이저는 두목이라 그렇다 치고, 블루벨·제시·핀처는 개, 복서와 클로버는 말, 뮤리엘은 흰 염소, 벤저민은 당나귀라는 식으로 사람 이름을 붙인 것이다. 우리가 서양식 이름에 익숙하지 않은 탓도 있지만, 수많은 동물마다 붙은 사람 이름 때문에 뒷장으로 넘어가면서 동물과 이름이 또렷하게 연결되지 않았다. 심지어 어쩌다 등장하는 까마귀마저 모제스라는 이름을 붙이고 있으니 말이다.

그래서 나는 이런 혼란을 피하려고 개 종자 이름을 그대로 쓰기로 했다. 그것도 대중화되어 이름을 들으면 곧바로 그 개의 캐릭터가 떠오를 법한 개들만 등장시켰다. 불도그, 시베리안 허스키, 달마티안, 푸들 같은 종류 말이다.

초고를 마치고 동료들의 조언을 듣기로 했다. 나는 출력해서 조치원작은도서관장 전충곤(사서)과 이상우(문화콘텐츠 박사)에게 돌렸다. 반응은 바로 왔다. 주제와 소재가 참신한데 자료가 너무 많이 들어갔다는 평을 들었다. 돌이켜보니까 내가 DMZ 자료에 집착했다는 생각이 들었다. 숙성되지 않은 자료는 소설에 걸림돌이 된다는 사실을 새삼스레 떠올렸다. 조언을 주신 분들께 고마움을 표하고 싶다.

참고자료

金在鵬, 「百濟 周留城의 연구」, 연기군, 1995
환경부 · 국립생태원, 「DMZ 일원의 생물다양성 종합보고서」, 2016
김귀곤, 『평화와 생명의 땅 DMZ』, 드림미디어, 2010